JN056743

建築企画屋物語　私の東京コンサルタント人生

はじめに

私、末廣健一は故郷岡山を離れてから様々な仕事を行い、家族を持ち、そして再び岡山に帰ってきた。その各局面でいくつもの重要な人生の選択を行ってきた。その選択が正しかったのか間違っていたのか、また良かったのか悪かったのかはよくわからない。たぶん死ぬまでわからないだろうし、それはむしろ家族や子孫が判断することだろう。

何度もひどい目にあったが良いこともあった。家族も出来たし面白いこともいっぱいあった。全く後悔はしていない。だから私はこの自伝を残して、私の人生のいくつもの重要な選択を書き残し、家族や子孫に読んでもらいたいと思った。もちろん反面教師の場合も含めてである。どこが参考になるかそれはあくまでも読者の判断である。

また、それだけではつまらないので、当時の世相や私の趣味などいろいろくだらないことも書いておく。こんな人もいたんだと笑い話にしてもらってよい。いずれにしても、ささやかながらお役に立てれば幸いである。

しかし……「結局、自慢話ではないか」と思われる人もいると思う。「自慢は知恵の行き止まり」と言われるように、人間自慢をするようになると、その人も行き止まりだという。もう知恵も進まず、進歩も望めず、努力もしないで、高慢になるばかりと言われる。そう思われる方には申し訳ないが、もう老いたのでこれが限界である、お許し願いたい。

略歴　東京コンサルタント人生

私は昭和29年（１９５４）に岡山市の商店の長男として生まれ、大学の建築学科に進み、建築と都市計画の道を志した。しかし昭和48年（１９７３）からのオイルショックの大不況で思うような会社に就職できず、どういうわけだか発電所の海外工事で中東の砂漠の真ん中に赴任することになった。それで体を壊して転職し、都市計画事務所で全国の自治体の都市計画のコンサルタントの仕事を行った。そしてバブルの時代に情報化の波にいち早く乗り、情報会社に転職してインテリジェントビルすなわちビルの情報化の仕事を始めた。それが当時の国鉄芦屋駅前商業ビルのラポルテなどである。そしてテーマパークの情報化の仕事にも手を伸ばして東京のテーマパークの情報化の企画を受注した。それで調子に乗って情報化のコンサルタントとして独立し、大手商社やシンクタンクと嘱託契約を結び、都立ホールの情報化などを手がけた。

その間東京で結婚して一男一女をもうけ、家も建てた。ところが平成3年（１９９１）のバブル崩壊とともに仕事がなくなってしまい、困った。幸いにも平成16年（２００４）縁あって岡山の大学の教員になった。

しかしすぐに妻子を連れて行くわけにも行かず、平成22～23年（２０１０～２０１１）に両親を看取った後も単身赴任を続けていたところ、平成25年（２０１３）再び病に倒れてしまった。まるでジエットコースターのような人生である。何だかんだで2度の大病と、都合4回の転職をしたが、今思えば結局オイルショックやバブルに左右された人生だったような気がするのがわびしい（笑）。

蛇足だが、私の今の心境をたとえて言うならこうだ。昔、イタリアのベニスの商人で、マルコポーロという人がいた。彼は子どもの頃、父や叔父ら家業の商人の連れとして東方へ長い商売の旅に出た。そして大冒険の末、中国にまで到達し、当時の大帝国のモンゴル皇帝のフビライに謁見した。彼はフビライに気に入られて側近にまでなり栄華を極めたようだ。その中国で東方の黄金の国ジパングの話も耳にした。

そして中年になったマルコポーロは故郷への思い捨てがたくなり、皇帝に辞して一人故郷ベニスに帰った。しかしベニスでは自分の体験談を語っても誰も相手にしてくれず、さびしくこの世を去ったという。死ぬ前に自分の体験を書いて残したのが「東方見聞録」だ。この本が評価されたのは何百年も経ってからで、黄金の国ジパングを探してコロンブスが新大陸を発見したという。あのマルコポーロですら故郷を忘れられなかったのだ。以上（笑）。

もくじ◎建築企画屋物語

Ⅲ　都市計画編　「都市計画事務所への転職」　103

Ⅳ 情報会社編 「情報会社への転職」 119

Ⅶ 大学教員編 「大学教員へ転職」 183

I

大学編　「建築の道へ」

美術部から建築へ

私は昭和29年（1954）に岡山市で生まれ、岡山県立岡山朝日高等学校を卒業後、昭和48年（1973）に神戸大学工学部建築学科に進学した。

なぜ建築学科を選んだのかというと、図画工作が好きで物作りがやりたかったからだ。なにしろ小、中、高校と美術部に属し、高校時代は美術館通いをしていたくらいだ。

岡山で美術館といえば、隣町の倉敷市の大原美術館が一番だった。全国的にも有名で観光名所にもなっている。そこにはモネやルノワールなどの印象派の西洋絵画から日本画まで幅広く多数がそろっていた。これだけの品ぞろえは東京上野の美術館に次ぐと言っても過言ではない。そこに毎週のように通っていた。というのも高校の美術の先生がちょうど印象派の画家でもあったから、印象派をよく教わっていたからだ。

その美術の先生の指導は本格的で、美術の授業で油絵を教えていた。高校で油絵を教わるのは珍しいと思う。全員に油絵の道具を買わせて、道具の使い方から教わった。我々はモネやルノワールなどの印象派の油絵の描き方を教わったものだ。油絵は難しい。そもそも絵の具が乾くのに何日もかかるので、すぐには塗り重ねられない。水彩画ならすぐ乾くので完成が早い。１日あれば完成する。ところが油絵は完成までに何ヶ月もかかるので大変だった。

また先生はパステル画も教えてくれた。モネやルノワールも描いていたパステルというのは小学校で使っていたクレヨンやクレパスとは似て非なるもので、もっと粉っぽいどちらかといえばチョークの方に近い画材だ。気の短い私にはパステル画や水彩画やペン画の方が、完成が早いので向いていた。美術が好きと言っても絵画だけではなく図画工作全般が好きだった。いわゆる物作りが好きだった。小学校の工作から高校の学園祭の仮装行列の大きな山車まで、何でも作ったものだ。

そして私は昭和30年代の小学校時代から子ども雑誌の組み立て付録が好きだった。特に学研の「科学」という雑誌の組み立て付録は本格的で、電気モーターや水の電気分解などもあって、理科好きの私は夢中になって作ったものだ。

このように私は理科系でもあったから、進学先は美術と理科を両方生かせるデザイン系にした。そうすると、工業デザインか建築かが一般的で、どちらにするかで悩んだ。

工業デザインとは工業製品のデザインのことで、自動車や家電のデザインが有名だった。これは私が高校3年、昭和47年（1972）当時のデザイン分野では花形だった。

近所の丸善書店では工業デザインの立派な画集が置いてあって、それを毎日のように見ていて憧れたものだ。そして高そうなドイツ製の製図道具もたくさん置いてあって、私はそれを使って図面を引くという設計士の仕事に憧れた。このように丸善書店は時代の最先端の情報がいっぱいあって、毎日学校帰りに入りびたっていた私はずいぶん刺激を受けたものだ。

また建築とは建物のデザインのことだ。どちらにするかで悩んだが、結局作るなら大きい物の方がよいと思って建築にした。当時有名だった建築家の丹下健三や黒川紀章などが格好良かったのもあった。

ちなみに丹下健三は昭和39年（1964）の東京オリンピック会場の代々木の屋内競技場から現在の東京都庁舎まで、多数の公共建築で有名だ。

また黒川紀章は昭和45年（1970）、私が高校1年生のときの大阪万国博覧会の展示館パビリオン等民間建築で一世を風靡していたから格好良かったのである。大阪万博は私も行ったが、ものすごい人出で月の石など有名なパビリオンは何も見ることが出来なかった。

神戸大学へ進学

まあそれで建築を選んだのであるが、神戸大学の建築学科を選んだのはとにかく浪人がいやで偏差値がちょうど届くからというのもあった。それに岡山から近い。

建築は東大や早稲田が有名で、東京が本場だったが、偏差値が届かないし、金もかかるし遠い東京へ行くのは不安だった。関西では京大、阪大とあったが、建築学科ではまだ偏差値が届かないし、阪大にはデザインがないということだった。

一方神戸大学も国立一期校であった。それに神戸は昭和46年（1971）に出来たばかりの山陽新幹線で1時間もかからない。そして下見に行ってみたらおしゃれな町で、一目で気に入った。相当ミーハーだった。

ちなみに国立一期校というのは、当時の国立大学が入学試験の時期を分散させるため、一期校と二期校に分けて試験を実施していたからついた名だ。3月上旬が一期校、3月下旬が二期校で、昭和53年（1978）まで実施されていた。それが受験生にとっては、一期校が第一志望、二期校が滑り止めという位置づけになってしまい、国立大学の序列化につながってしまっていた。

ということで今風にいうと国立一期校はブランドになっていたのだ。また当時国立大学の授業料は安く、月1000円だった。父がそんなに安いのかと驚いていたのをよく覚えている。だから当時国立一期校に行くのは相当なブランドだったのだ。

さて、当時は昭和40年代の高度成長時代のいざなぎ景気の真っ最中で、建築は大ブームだった。就職は引く手あまただったから建築学科は大人気だった。当時理科系の受験生の偏差値の一番が医学部で、その次が建築学科だったくらいだ。

そんな中、昭和48年（1973）、神戸大学に入学したのだが、入学式の後、建築学科の教授が我々にこう言った。

君たちは神戸大学工学部の入学生の中で一番優秀だ。入学試験で工学部合格水準の受験生は、建築学科では120名もいた。しかし、建築学科の定員は60名のため、あと60名を泣く泣く落としてしまったのだ。工学部の他学科なら十分合格した受験生を60名も落としてしまったのだ、と。

そうだったのかと我々のプライドは高まったが、そのプライドは1年もすると砕け散ることになる。

オイルショックでデザインの道を一時諦める

というのは入学した年、昭和48年（1973）にオイルショックが日本を襲ったからだ。その年の10月に第4次中東戦争が勃発し原油価格が暴騰した。スーパーから見る見る商品がなくなり、主婦は先を争ってトイレットペーパーの買いだめに走った。私は下宿して一人暮らしを始めたところだったから日常の買い物で物価に敏感になっていた。物価が見る見る高騰していった。日本は大不況になった。

中でも建設業界は真っ先に不況になり求人がぱったり途絶えた。それまでの神戸大学生は好景気の青田買いで早々と就職が決まり、先輩たちは卒業まで遊び呆けていたのが一変した。我々の学年が就職する頃には求人がなくなってしまったのだ。大手企業の求人は本当にゼロになった。

そんな中、私はデザイン系志望だったから、4年生になるときデザイン系のゼミ（卒論を書く指導教授の講座）を選ぶ予定だった。ところが同級生がこう言った。「末廣、デザイン系に行ったら就職できないで」。これはショックだった。デザインをするために建築学科に入ったのに、デザイン系に進むと就職できないなんて……。

これはどういうことか、ちょっと説明する。一般の人から見ると、建築学科に入ったらみんなデザインを学んで建築の設計士（建築士）になると思っている。それはそうだが、学ぶのはデザインだけではない、構造や設備も学ぶのだ。

構造というのは建築構造で、建物を支える骨組みのこと。鉄筋コンクリート構造や鉄骨構造などだ。

また設備というのは電気や照明、空調やトイレ、水道等の建築設備のことだ。建築というのはそれらを統合したものだ。それぞれ専門分野があり、同じ建築士でも構造の専門家になる人もいれば、設備の専門家になる人もいる。それぞれに大学のゼミがあるのだ。

例えば、建築家の丹下健三が代々木の屋内競技場を設計したとき、あの優美な曲線を実現するためには、構造設計の専門家の力が必要だった。医者に例えると、内科や外科などそれぞれ専門に分かれてゆくのと同じだ。

ということで、4年生のゼミには、デザイン系、構造系、設備系があるのだ。それで就職の時には、求人がデザイン系、構造系、設備系と分かれていることが多い。だから4年のゼミの専門分野によって就職する分野や会社が決まってしまうのだ。大手建設会社の求人でもデザイン系何名、構造系何名、というようになっていて、入社したらその専門部署に配属されるのだ。デザイン系で就職するならデザイン系のゼミ出身でなければならない。

ところが、デザイン系に行ったら就職できないで、と言われたくらいに、デザイン系からまず求人が途絶えてしまったのだ。元々デザイン系は人気で希望者は大勢いるのでそもそも求人の方が少ない。それでも好景気のうちは就職できた。それがゼロになった。一方、元々希望者が少ない構造系や設備系ならまだ求人はあった。だから我々の学年はやむを得ず構造系や設備系のゼミを選ぶ学生が多かったのだ。

私も就職できないのは困るから相当あせった。それで周りに流されてつい構造系のゼミを選んでしまったのだ。ところがそれでも4年生の時には求人はなくなり、大手企業の求人は本当にゼロとなってしまった。入学したときは建築学科の人気は工学部ダントツ一番だったのが、就職率では他学科より下になってしまった。

それがどれほどひどい状況だったかというと、あれだけ優秀だった建築学科60名のうち就職できた者は20名で、それ以外は就職浪人を避けてわざと留年した者が20名、大学院に逃れた者が20名という有様になった。就職できた20名も大手企業は求人がないから渋々中小企業へ行き、しかも建築分野でないところにも行ったくらいだ。その中で私は大学院へ逃れた口だった。このとき世の中の不条理を初めて知った。

下宿で一人暮らし

神戸大学入学と同時に岡山の実家を出て、神戸で一人暮らしを始めた。下宿先は青雲荘という学生アパートだった。そこは神戸大学のすぐそばで、神大生《しんだいせい》ばかりが入居している新しい建物だった。下宿を決める際に神戸に来ていた父が気に入って即決した。常駐管理人として下宿のおじさんさんがいるし、神大生ばかりだから安心だというわけだ。

当時としてはモダンな鉄筋のワンルームアパートだったが、いざ暮らしてみるといろいろ問題があった。風呂トイレ台所は共有で、部屋はベッドが一つ入るだけの狭い部屋だった。ところがその備え付けのベッドは畳1畳分の大きさしかなく、頭と足先に柵が付いている。身長186センチの私には長さが足りず、足が柵につかえて伸ばせないのだ。これはいざ寝るときにはじめて気がついて困った。

下宿のおじさんに言っても代わりのベッドはない。足側の柵を外したら、今度はベッドや布団から足が外に出て寒い。苦肉の策として、おじさんはどこからか戸板を持って来てベッドに載せてしまった。土左衛門ではあるまいし、戸板の上に寝ることになってしまったのだ。

もう一つの大きな問題は下宿の立地にあった。町外れの山の上にあって、買い物や交通に不便なのだ。というのは、神戸大学は山の上にあるからだ。下宿が神大のすぐそばであるのは良いのだが、町から外れて坂道を登り切ったところにあり、生活には全く不便なところだった。町に出るには坂道を歩いて25分以上かかる。同じ山の上の神大からも歩いて15分以上かかる。買い物は神大の生協が一番近いが夜は閉まってしまう。夕食も学食ですませるしかなかった。ここまで不便だとは思わなかったが、父が決めたので大学4年間は我慢してそこに住んだ。

それよりももっと驚いたことがある。なんと下宿付近にイノシシが出没するのだ。神戸の山にはイノシシがいるのだ。神戸は坂の町で山ぎわまで住宅が建っている。だからその山ぎわではイノシシが出るのだ。私は岡山でも町中育ちなのでイノシシに出くわしたことはない。神戸は都会だと思っていたから本当に驚いた。夜下宿に帰る坂を上ってゆくと、薄暗い坂道の上に黒い影が見える。あっ危ないと思って回れ右をして引き返し、しばらくしてイノシシの影が消えてから下宿に帰るのだった。

このように不便な下宿だったが、山の上だったので見晴らしは抜群だった。神戸大学を含めてこの辺の山は六甲台と呼ばれ、六甲山系の中腹に位置する。ここから見下ろす神戸の町と大阪湾は美しい絵画のようだった。夜は百万ドルの夜景と呼ばれていた。私が神大を選んだ理由の一つはこの神戸の町の美しさと、大学から見る景色の素晴らしさだった。

下宿の夜はエアチェックで過ごす

その下宿から毎晩夜景を眺めていた。その孤独な夜を慰めてくれたのがFMラジオだった。FMラジオは音質が良く、様々な音楽を放送していたので大好きになった。NHK-FMとその頃放送が始まったFM大阪があった。流行歌からクラシック音楽まで解説付きで流れたので勉強になった。レコード丸々1枚分途中で遮ることなく流れたので、カセットテープに録音すれば高いレコードを買う必要がなかった。それにステレオ・セットは下宿にはなかったし。カセットテープに何本も録音して何度も聞いたのだ。それはエアチェックと言って当時はやり始めた聴取スタイルだった。ラジカセが登場する直前だった。

当時はステレオラジカセが登場する前だったので、FM放送のステレオ音響をカセットテープに録音するには、特別な機材が必要だった。昭和48年（1973）、ソニーカセットデンスケTC-2850SDというカセットテープにステレオ録音が出来るテープレコーダー（デッキ）が登場したばかりだった。それを英語の勉強に使うという理屈をつけて、入学祝いに買ってもらった。学生には贅沢なシロモノだったが。それをFMラジオのイヤホンジャックに接続して録音したのだ。

FMラジオの方もソニー製のスカイセンサー5800（ICF-5800）という短波放送も受信できる新型の高級なトランジスターラジオだった。こちらも音質は抜群の大ヒット製品だった。

神大の生協には何でもそろっていて、電気製品からカセットテープまで安く売っていた。当時は一流メーカー品をCO-OPブランドにして安く売っていたのだから学生にはありがたかった。中でもCO-OPカセットテープは日立マクセル製で音が良かった。その頃のテープが今もたくさん残っている。思い出のテープはなかなか捨てられない。

返還直後の沖縄へ旅行

私は神戸大学へ入学した昭和48年（1973）の夏休みに沖縄に旅行をした。やはり国立大学一期校に現役入学したことはうれしかったので、ご褒美に大学生らしい遠距離旅行がしたかったからだ。当時、大学生を中心に若者の長期の貧乏旅行がはやっていた。彼らは大きなリュックサックを担いで歩く姿からカニ族と呼ばれていた。今でいうバックパッカーである。当時のリュックは横長で、狭い通路などでは横歩きをするなど、カニのような姿だったからそう呼ばれた。なぜリュックが横長だったかというと、それは登山用品であったので、大きな登山靴を入れるポケットが両脇に付いていて横に張り出していたからだ。その頃からジーンズとTシャツ姿がはやりだし、カニ族は皆その姿だった。

カニ族の行く先は、登山ブームもあり北海道や山国が多かった。しかし、私は南の島に憧れがあったので、遠い南国の沖縄に行ってみたかった。沖縄はちょうど前の年、昭和47年（1972）、米国から日本本土に返還されたばかりで注目されていた。それまでパスポートが必要な、いわば外国だったのが、簡単に行ける日本国内になったのだ。

それに沖縄出身の歌手の南沙織がその頃デビューしていて話題になっていたからでもある。「17才」、「潮風のメロディ」などが大ヒットしていた。同い年だし、色黒で長い黒髪の南国的でエキゾチックな風貌が大好きだった。

それでも一人旅は不安だったので、高校の同級生に声をかけたら、東大に行っていた松田君と藤波君が賛同してくれた。大学1年生では、まだ大学では親しい友人は出来ていなかったからだ。私が言い出したので沖縄旅行はすべて私が計画した。ちょうど神戸港から沖縄まで船が出ていたのもある。行ってみると当時の沖縄は人々の風貌、風俗から町並みに至るまで本土とは異なり、東南アジアの国に来たようでまるで外国だった。それに町の真ん中に米軍嘉手納基地があるので、アメリカのようでもあった。

その飛行場のそばをバスで通っていると、巨大な真っ黒いジェット機が飛び立った。それはあっという間に上昇して行ったが、その姿は非常に印象に残った。後にわかったのだが、それはSR-71という米軍の秘密の高高度偵察機だった。

巨大な葉巻型のジェットエンジンが双発で、全体が平べったい三角形の大型の機体だった。全翼機と呼ばれる形だ。それは当時仮想敵国のソ連の上空をマッハ3で飛んで高高度から地上を撮影していたのだ。それが嘉手納基地に配備されていることも当時秘密だった。

何でそんなことを知っているのかというと、その機体のプラモデルの箱を見ていたからだ。子どもの頃から近所の模型店のアメリカ屋に入りびたっていたからだ。

いずれにしてもそんな飛行機が飛んでいたりする沖縄は外国そのものだった。その沖縄が大好きになり、その後何度も沖縄に旅行することになった。

建築構造のゼミと日本沈没

デザインでは就職が難しいということで、私は4年生のとき、デザイン系のゼミをあきらめ、構造系のゼミに入った。そのゼミは鉄筋コンクリート構造のゼミだった。

鉄筋コンクリートというのは、一般の人が鉄筋《てっきん》のビルと言っているコンクリートの建物だ。鉄筋というのは鉄の細長い棒のことで、補強材としてコンクリートの中にたくさん入れるものだ。コンクリートだけでは建物はもろくて壊れてしまうからだ。この構造はビルでは一番一般的なものである。その設計方法から製造技術までを研究するのがこのゼミである。

ちなみに設計方法というのは、要は計算方法のことだ。たとえば柱の太さは何センチにして、何本の鉄筋を入れれば建物が倒壊しないかを計算するのだ。また製造方法というのは、コンクリートの原料のセメントや水や砂や砂利の調合方法と、どんな種類の鉄筋をどこに何本入れるかというようなことだ。

さらに要約すれば、計算と実験に分かれる。

実験というのは、実際に鉄筋コンクリートの柱などを作ってそれに実験機械で力を加えて、どれほどの力を加えれば壊れるかを確かめるのだ。計算通り作っても壊れないかどうかを実験で確かめる。建物の自重や地震などでどれほどの力が加わり、どれほどの力で倒壊するかを確かめるのだ。その結果で地震に強い構造（柱や梁や壁）が計算できる。

だから我々はヘルメットを被って作業着を着て、実験室でコンクリートを練って、鉄筋を曲げたり切ったりして柱や梁を作って、実験機械で壊す作業を毎日やっていた。

実験は大迫力で、大きな音でバリバリ、ドッカーンと柱や梁がバラバラに壊れる。非常に危険でもあったが、目に物が見えるので理屈だけではなくてすごく面白かった。

そんなゼミに入ったのは建築業界で一番一般的な分野で就職しやすいからだ。それにもう一つはゼミの教授が非常に魅力的な人だったからだ。

その先生の授業は、黒板に大きな絵を描き、身振り手振りで視覚的で、非常にわかりやすく、その熱意がひしひしと伝わってくるものだった。それに当時の耐震基準では関東大震災クラスの地震には耐えられないので、基準の改定が必要だと熱弁を振るっていたのが印象的だった。

その主張を実験のスライドと、そして実際の地震によって倒壊した建物のスライドで説明してくれるのでわかりやすく感動的だった。その先生はドイツ帰りの山田稔という気鋭の教授だった。先生の主張はその後の地震や阪神大震災によって証明されることになる。

また、この先生を好きになったのは、当時「日本沈没」という小説や映画がはやっていたこともある。その話に出てくる田所博士という人が日本沈没を予言しているのだがなかなか認められない、その話がゼミの先生と非常に重なって見えたのだった。

「日本沈没」は小松左京の小説で、昭和48年（１９７３）に発売されてベストセラーになった。日本が実際に海に沈んでしまうという話だ。荒唐無稽な話を最新の科学理論で説明するというＳＦ小説だった。大ベストセラーとなり映画化されて大ブームとなった。

私は高校3年の時に近所の丸善で、新書版（カッパブックス）として並んだばかりの本書をすぐに買い込んで夢中で読んだのだ。日本沈没なんて比喩だろうと思って中をめくってみると、本当に海に沈む話だったのでSF好きだった私はすぐに飛びついた。それで感動した私は周りの友人たちに口角泡を飛ばして紹介したものだ。

その年のうちに東宝から特撮映画として映画化されて大ヒットした。友人から「末廣君の言ったとおりになったね」と言われたのがうれしかった。

その話の中に出てくる田所博士が、格好良くてゼミの先生と重なって見えたのが、そのゼミを選んだ大きな理由だった。

そんなわけで鉄筋コンクリートのゼミを選んだのだが、そうはうまく行かなかった。その原因は数学だった。構造を計算するには難しい数学が出てくるので困ったのだ。私は元々理科系だから数学は得意だろうと思われがちだがそうではなかった。

そのころ高校で習うのは理科系なら数学Ⅲまでで、昭和47年（1972）当時の高校3年生は微分積分、確率統計ぐらいまでで、我々は一部、複素数や級数を習った。が、そんなもので太刀打ちできるほど大学の数学は甘くはなかった。

私は早々に自分の限界を悟った。だからゼミでは落ちこぼれになった。そしてあっという間に就職の時期になった。就職が決まるのは当然優等生からだから私はあせった。それよりなにより、オイルショックによる大不況の就職難が4年生になるまで続いていた。

先に述べたが、建築学科60名のうち就職できた者が20名、大学院に逃れた者が20名、就職浪人を避けてわざと留年した者が20名だった。就職できた者も大手企業はないから渋々中小企業に行き、さらには建築業界でないところへも行った。

設計では就職できない

実はさらにまだある。私はデザインがしたいので設計希望だが、設計で就職できる者はほとんどいなかった。設計で就職できないというのはどういうことかについて、もう少し説明する。

先にゼミがデザイン系、構造系、設備系があると言ったが、建築士の就職分野ではもう一つ別の区分があるのだ。それは設計か現場かということだ。設計というのは設計図を描いて設計をする仕事だが、現場というのは実際に建築物を建てる工事のことで、その建築工事現場を管理する仕事だ。ヘルメットを被って現場監督をする仕事だ。

一般には建築士というのは設計をするのが仕事だと思われているが、実は工事監督をするのも仕事だ。建築の仕事の流れは、建築士が設計図を描いたら、その設計図を元に工事をする人が別にいるのだ。その工事をする人は工事会社の建築士だ。

一般に、設計会社と工事会社は別の会社だ。設計会社が設計図を描いたら、今度はそれにふさわしい工事会社を選んで工事をして貰うのだ。その工事会社で工事監督をする仕事が現場と呼ばれる分野の仕事だ。

だから就職するときには設計会社（設計）に行く場合と工事会社（現場）に行く場合に分かれる。また設計と工事を両方やっている建設会社の場合でも、就職は設計か現場かで厳然と分かれている。一つの会社でも部署が全く分かれているのだ。

建築学科の学生はせっかく設計を習ったのだからみんな設計をやりたいと思っているが、いざ就職となるとその進路は設計か、現場（工事）かで厳然と分かれている。皆が皆、設計には行けない。優秀な者しか設計には行けない。設計は非常に狭き門なのが現実だ。

それが大不況の当時、そもそも建築の仕事が激減している状況であれば、設計部門から採用しなくなっている。もちろん現場の仕事もなくなっているから現場も採用がほとんどない。4年生で設計の求人はゼロだった。

デザインをするなら設計に行くしかないが、現場に行ったらデザインどころか設計そのものが出来ない。それどころか求人がない。これには困り果て、私は大学院に逃れることにした。大学院は修士課程では2年だから、2年もすれば求人は回復するだろうと考えたのだ。それに求人も建築では大学院卒の方が4年生よりも有利な状況があったからだ。皆もそう考えて、なんと同級生の3分の1の20人が大学院に進んだ。何もかも異例の状況だった。

建築士の資格と仕事内容

ここで建築士というのはどういう資格で、どんな仕事をするのかについて、補足説明しておく。日本では建築士でないと家や建物の設計は出来ない。一方、建物の工事の方は建築士でなくても可能になっている（別の資格がある）。それが設計会社と工事会社が分かれている主な理由だ。

一般に設計をする会社と工事をする会社は別の会社であり、別の人がやるのだ。設計会社を設計者と呼び、工事会社を工事者と呼ぶ。その際、工事会社が設計図通り作っているかを、設計会社が工事会社の工事現場でチェックするのが工事監理という仕事だ。（管理でなく監理だ）。これも設計者である建築士の仕事だ。

だが日本では、家を建てる大工さんや設計施工一貫の建設会社があって、一つの会社で設計と工事を両方やっている会社が多いので話がややこしい。しかしその場合でも会社の中で設計担当者と工事担当者は別の人になっている。設計と工事は利益相反といって厳密に区分されているからだ。

どういうことかというと、工事者は工事を手早く効率的にやってコストを削減して利益を上げなければならない。そのためには作業手順を簡略化したり、資材を節約したりする。それを工事管理という。

だが、それをやり過ぎると必要な作業や資材が省略されたりする。それを手抜き工事という。それが起きると欠陥建築が出来上がってしまう。設計者はそれを避けるために工事が設計通りに行われているか、手抜きがないかどうか厳重にチェックする必要がある。

そのチェックを工事監理という。この場合の設計者の工事監理と、工事者の工事管理は互いの利益が相反する仕事というわけだ。

この工事監理という制度は欧米から来たもので、いわゆる性悪説に立っている。人は見ていないと手を抜くという発想だ。日本人にはお天道様が見ているから悪さをしないという精神があるが、それは日本人だけの性善説だ。

設計者である建築士は工事監理もやるのが仕事だ。一方、工事者は工事監理をされる側になる。この関係が私の後の仕事のキーポイントになってくる。

このように建築士というのは自分が直接工事をしないのでややこしい仕事だ。こんな中で建築士が建設会社にも就職し、設計者ではなくて工事を担当する工事者になるから余計ややこしい。同じ建築士の資格を持っていても、設計部門に就職するか工事部門に就職するかで全く立場が異なってくるからだ。だから建築学科の学生は就職するときに設計か工事（現場という）かで進路を非常に悩むのだ。

映画好きと激動の時代

子どもの頃から映画をたくさん見ていた。実家が商店で、商店街に住んでいたので映画館街があったからだ。ちょうどゴジラが始まった世代だから怪獣映画は夢中で見ていた。その特撮監督の円谷英二は有名で、怪獣映画だけではなく、戦争物、宇宙物（ＳＦ）等も作っていたのでそれらはすべて見ていた。その流れで洋画の戦争映画やＳＦ映画も見に行った。

中学2年の昭和43年（1968）にあの有名な「2001年宇宙の旅」が上映された。それまでのSF映画が子どもだましに見える格調の高さで感動した。また「猿の惑星」もラストシーンに感動した。中学3年の昭和44年（1969）にはアポロ11号が月面着陸して、SFの世界が現実化した。SFは大ブームになった。高校1年の昭和45年（1970）の大阪万博も未来都市のようだった。

戦争映画では、中学3年の昭和44年（1969）の「空軍大戦略」で本物の英軍・独軍戦闘機が空中戦をして興奮した。翌年の「トラ・トラ・トラ！」では日米の空中戦がすごかった。それらは模型を使った特撮ではなく、実物の戦闘機が出て大迫力だった。細かいことを言うと、独軍戦闘機のメッサーシュミットBf109と日本軍戦闘機ゼロ戦等は現存していなかったので完全な本物ではなく改造機だった。そんなことがわかるのも、私がプラモデルマニアだったからだ。

戦争映画が現実化した事件もあった。残留日本兵の横井庄一さんの帰国だ。昭和47年（1972）で高校3年だった。アメリカ領グァム島に28年間こもっていて発見されたのだ。彼は日本の敗戦を知らなかった。私は昭和29年生まれで戦争を知らない世代だったから、まだ戦争を続けていた人がいたんだと驚いた。同じ年に米軍に占領されていた沖縄が返還された。さらに昭和49年（1974）、大学2年のときに、フィリピンのルバング島にこもっていた残留日本兵の小野田寛郎さんが帰国した。やっと日本の戦争が終わったような気がした。

また驚いたのは、実際のソ連軍戦闘機が日本に亡命してきた事件があったことだ。大学4年の昭和51年（1976）だった。ミグ25というソ連軍の最新鋭ジェット戦闘機が日本に侵入し、函館空港に強行着陸してきたのだ。私はプラモデルでしか見たことがないソ連の戦闘機を日本のテレビ中継で見たので大興奮した。ソ連の軍事機密なのでその姿が西側のマスコミに流れることなどあり得ないからだ。大きな尾翼にソ連の赤い星印が見えた。そのうちなぜか機体に大きな布がかぶせられてその姿が見えなくなってしまった。日本政府がソ連に配慮したのだろうか。

ミグ25のパイロットはベレンコ中尉でその後アメリカに亡命した。事実は小説よりも奇なりで、映画でも見たことがないような事件だった。だからその後、この事件をモデルにして小説が書かれ映画も制作された。その映画は昭和57年（１９８２）公開の「ファイヤーフォックス」でなんとクリント・イーストウッドが主演だった。大好きな映画だからＤＶＤも小説も持っている。

そのような流れで大学時代も映画をよく見に行った。仕送りの身でお金がないのに食費を削ってでも映画を見に行ったのだ。

ＳＦ映画ではまず「日本沈没」で、大学1年の昭和48年（１９７３）公開だった。洋画では「ソイレントグリーン」も暗い未来を描き、それらの流れで終末思想の「ノストラダムスの大予言」が翌年にあった。昭和52年（１９７７）大学院1年のときの「スターウォーズ」、同じ年の「未知との遭遇」が大ヒットし夢中になった。変わったところではソ連映画の「惑星ソラリス」がミステリアスで強烈な印象が残っている。ＴＶのＳＦでは「宇宙大作戦（Star Trek)」と「宇宙戦艦ヤマト」がヒットして大学でも話題になった。

一方、ジャンルは異なるが、ブルース・リーのカンフー映画（当時は空手映画と言った）が大ヒットした。大学1年の時が「燃えよドラゴン」で、その後何作も続いて公開された。映画館を出ると皆強くなったような気がして「アチョー！」と奇声を上げていたものだ。

ドラマ分野では、松本清張原作の「砂の器」が大学2年の昭和49年（1974）に大ヒットした。これは表面的には刑事物だがハンセン病が背景にある感動作だった。米国大河ドラマ「ルーツ」もヒットしてよく見た。昭和52年（1977）、大学院1年のときだ。黒人奴隷の先祖をたどる物語だった。大学3年次には高倉健主演の異色作「新幹線大爆破」があった。これは新幹線に爆弾を仕掛けるという設定だから、撮影に国鉄の協力が得られず特撮で撮影したといういわくつきの映画だったが、シリアスで結構面白かった。

この時代は激動の時代だった。高度成長から一転オイルショックで大不況になった。事件も多発した時代だった。

大学院ではデザインの道へ戻る

私は就職難を避けるため大学院に進学した。それで大学院に進む際にゼミ選択でまたまた悩んだ。4年の時のゼミは鉄筋コンクリート構造だったが、同じゼミで大学院に進むと当然構造設計の専門家の道へ進むことになる。構造設計も設計なのだが、私のやりたい美的なデザインの設計とは道が異なってくる。

そもそも私は美的なデザインがやりたくて建築学科に入ったのだ。自分のアイデンティティが揺らいできたのだ。それに数学が出来なくて構造のゼミでは落ちこぼれてしまった。構造の専門家になる自信はない。私は何をやっていたのだろう。だからあと2年も建築を勉強するならやっぱりデザイン系だと考え直したのだ。それでデザイン系のゼミに進んだ。

ここでデザインと設計とはどう違うのかという説明をしておく。英語では設計のことをデザインといい、同じ意味だ。しかし日本ではデザインというと美的なデザインを指すことが多い。それは狭義のデザインで、日本語では意匠または意匠設計という。一方、広義のデザイン（本来のデザイン）では美観だけではなく機能配置や人の動線から構造や設備も含めた全体設計のことをいう。

本稿ではデザインは狭義のデザインを指すことにし、広義のデザインすなわち英語のデザイン（本来のデザイン）は設計ということにする。だがデザイン系という場合は設計系（計画系ともいう）という意味で、美観を始め、機能配置、人の動線などの計画から建築史、都市計画までを指している。さらにまたややこしいのは設計と計画という言葉の区別である。設計というのは詳細な図面を描くまでのことを指し、計画というのは詳細な図面化をする以前の大まかな計画立案作業のことを指している。デザイン系のゼミはいくつかあったが、またここで悩んだ。それでいろいろ考えて都市計画のゼミを選んだ。都市計画とデザインとはどういう関係があるのかと思われるだろうから、またここで少し説明する。

まず建築は一戸一戸の建物の話だが、都市はその建築がたくさん集まった「まち」である。建築が一戸一戸の建物を設計するのに対し、都市計画はたくさんの建物が集まったまちを設計することだ。私は一戸一戸の建物を設計する前に、まずはそのまち全体をどう設計するかが非常に気になった。

一戸一戸の建物がその独自のデザインを自己主張しても、そのまち並み全体の調和がとれていなければ美しくないと思うのだ。

いわゆる建築家がその個性的なデザインで建物を作っても、まち並みの美観や調和を壊していては意味がない。当時流行していた現代的なデザインいわゆるモダンデザインは、どちらかというと前衛的で抽象的な形が多く、一つの建物だけとして見れば格好は良いが、それが建っているまち並み全体に調和しているとは限らない。

私は自己主張の強い個性的な建物よりはまち並みに調和した建物の方が好きだった。それで都市計画を勉強したいと思ったのだ。

もちろん都市計画とはまち並みの美観の設計だけではなく、もっと広い視点で道路交通計画を含めて都市機能をどう配置してゆくかを考えて設計してゆくものだ。そういうマクロな視点でまちを考えるというのが好きだった。

その都市計画のゼミで研究テーマを選ばなければならない。修士課程だから修士論文いわゆる修論を書くのだが、そのテーマ選択である。そのゼミはどちらかというと都市機能配置の話が専門で、まち並みの美観の話とはちょっと外れていたのだが、私はまち並みの美観にこだわった。それは私が神戸大学を選んだ理由に関係してくる。神戸のまち並みが美しくて気に入ったから神戸を選んだのだ。

神戸の異人館を研究

当時の神戸のまち並みは美しかった。神戸市は六甲山系を背景にした坂のまちだ。平野が少ない。東西に長い六甲山系にへばりつくようにわずかな平野が東西に長く延びている。南側は大阪湾の海が広がっている。その平野はほとんどが坂だ。その坂の上に並んだ低層の家並みが海岸から六甲山に上るように迫っている。その連続した家並みが風景画のように美しかった。

その坂の上の高台に神戸大学があって、神戸大学から見る景色は東西に広がる大阪湾の海を中景にし、紀伊半島と淡路島を遠景にし、神戸のまち並みを近景にしたまるで雄大な風景画のようだった。

我々神戸大学生はその雄大な風景を朝から晩まで眺めていたのだ。夜ともなれば神戸から大阪に繋がるまち並みの明かりが絶景で、「百万ドルの夜景」と呼ばれていたくらいだ。私はこの神戸の美しい景観が大好きだった。

その神戸の美しい景観の中で、私が特に気に入ったまち並みがあった。それは神戸の中心地、三宮《さんのみや》の北側にある異人館街《いじんかんがい》だった。異人館というのは外国人が住む昔の洋館のことだ。その洋館が建ち並んだところを異人館街と呼んだ。

神戸というのは幕末に開港した港町の一つで外国人居留地が作られた。居留地というのは外国人貿易商たちの地区で、鎖国していた日本人の住むところとは隔離されて設けられた。そのため昔から外国人がたくさん住んでいる。

その外国人の住居である洋館を異人館と呼んだ。その異人館が建ち並ぶまち並みがエキゾチックで、まるで外国に行ったかのような気分にさせてくれる。また外国人向けの商店やレストランが並ぶ商店街もある。神戸がおしゃれでハイカラなまちと呼ばれたのはこの外国人文化があったからだ。

神戸の外国人居留地は三宮の南の神戸港に隣接して設けられ、そこには外国人貿易商たちの商館が立ち並んだ。そこは事務所や倉庫で、主に働く場所だった。一方、住居はそのうちにそこから離れた環境の良い所に建てられるようになった。それは神戸港の平地から北側の六甲山系へ坂を上った高台の北野町であった。

その高台からは神戸の港が見渡せて港に入ってくる船がよく見える。自分の国の船が来たかどうかすぐわかるわけである。その住居である異人館には南向きでちょうど港に向かってバルコニーが設けられていて、特に2階のバルコニーからは港がよく見えるようにしてある。このエキゾチックな異人館が建ち並んだまちが三宮の北側の北野町に残っている。

その異人館の作りはほとんどが木造の2階建て住宅の洋館である。壁は板張りのペンキ塗り仕上げである。下見板張りという。屋根は瓦葺きだが赤煉瓦造りの煙突が付いているのが特徴的で、洋館であることを示している。窓は木枠のガラス張りの洋窓の作りで、ベイウィンドウと呼ぶ出窓があるのも特徴的だ。

最大の特徴は先に述べたバルコニーが南側に付いている点だ。この洋館の様式をコロニアルスタイルと呼ぶ。コロニアルというのは植民地のことで、欧米人がアジア等の植民地で建てた住宅の様式を指す。

神戸北野町の異人館「萌黄の館(旧ハンター邸)」
様式はコロニアルスタイル。木造下見板張りペンキ仕上げ。瓦屋根に赤煉瓦の煙突が載っているのが異人館を示している。正面にはベイウインドウ(出窓)。左面(南側)にはバルコニー。2階バルコニーには防寒のためガラス窓が付いている(2008年9月6日撮影)。

南側にバルコニーがあるのは南洋の夏の暑い日差しを避ける目的が大きい。ところが日本では夏は暑いのだが意外に冬が寒い。そのために本来であれば風通しを良くするために窓がなく開放的なバルコニーをわざわざガラス窓で囲い込んでしまっているのが面白い。

このような様式の洋館の中に1軒だけ赤煉瓦造りの洋館があった。とんがり帽子の三角屋根が他の洋館とは異なっていた。その高い屋根の頂上に鉄製の風見鶏が付いていた。風見鶏というのは風で動く風向計のことだ。実際に鶏の形をしている。この洋館は今では「風見鶏の館」と呼ばれこの地区北野町のシンボルになっている。

この風見鶏をモチーフにして昭和52年（1977）、私が大学院1年の時にNHKの朝ドラが作られた。その名も「風見鶏」である。この北野町に住んでいたドイツ人パン職人一家の物語である。

そのモデルとなったパン屋さんは現在もあって神戸一有名なパン屋となっている。フロインドリーブという店名で伝統的なドイツパンを売っている。このパン屋さんと風見鶏の館は、実際は関係ないのだが、ドラマではどちらも北野町の象徴としてあつかわれた。

伝統的なドイツパンといえば、ライ麦で作られた黒パンである。この店ではポンパニッケルと呼んでいる。黒くて煉瓦のように四角くて硬い。味は渋くて少し苦いが、噛みしめると味わい深い。白くて柔らかいパンが好きな日本人

神戸北野町の異人館「風見鶏の館（旧トーマス邸）
三角屋根の頂上に風見鶏（風向計）が付いている。赤煉瓦の壁に三角屋根は神戸では珍しい様式（2008年９月６日撮影）。

にはたいてい敬遠されるが私は大好きになった。いまだにドイツパンを見つけると喜んで買っているくらいだ。

このように後に話題となった北野町の異人館街を大学院の研究テーマとして選んだのだ。それは美しいまち並みを形作っている都市景観という分野が、都市計画の一分野としてあるからである。

私がこの異人館街に注目した昭和48年（１９７３）19歳当時は、今のように有名ではなかった。今では観光ガイドに載っており、土産物屋が建ち並び、観光客であふれている。ところが昔は全く知られていない地区だった。ＮＨＫの朝ドラも始まっておらず、私が北野町歩きを始めた学部生の頃は、地元神戸の人も知らないくらいだった。下宿のおじさんに聞いても知らないということだった。

当時北野町は閑静な住宅街で、昼間まちを歩いている人はほとんどいなかった。だいたいは日本人の住宅だったが、その中に点々と異人館がひっそり建っていた。当時の異人館は実際に外国人が住んでいる住宅であったので、当然のぞくことは出来ず、中を見ることもかなわなかった。その中で私は少ない書籍を頼りに毎週のように歩き回り、外観やまち並みの写真ばかり撮っていた。

そんな中現存している異人館は何十棟もあり、それらを地図にプロットしてゆくうち、あるライン

神戸北野町の異人館「シュエケ邸」南側
中央にはバルコニー。両側にはベイウインドウ（出窓）。瓦屋根に赤煉瓦の煙突が載っている。学生たちと私（2010年２月５日撮影）。

から北に異人館が集中し、そのラインから南は異人館が全くないということがわかってきた。異人館が建設された幕末明治の時代にはもっと広範囲にあったはずであるが、現存するのは特定の地区だったのだ。

なぜ現存する地区が限られているのかそれが大変気になった。それが北野町だけ美観を保っている理由だからである。研究の対象が明確になってきた。

そこで私は市役所で古い航空写真を調べてみた。航空写真を見れば、屋根に煙突が載っている異人館は判別が付くのに気づいたのだ。古い住宅地図をいくら見てもそれが異人館かどうかはわからないからだった。

そしてとうとう神戸空襲直後の航空写真にたどり着いた。そこには空襲で焼け野原になった三宮と北野町が写っていたのだ。そして北野町の北半分が焼け残っていることがわかったのだ。

その焼け残った部分には異人館が明確に写っていた。そうだったのか、異人館街は空襲で焼け残った地区だったのだ。私がプロットした異人館マップと、焼け残った地区とはピタリとラインが一致した。これが私の修士論文の山場であった。わかってみればこんなことかというわけだが、他の資料をいくら調べてみてもなぜここだけ異人館が残っているのかわからなかったのだ。

もちろん、異人館街が残った理由は空襲で焼け残ったからだけではない、ほかにもいろいろな理由が重なったからで私の修論にはそれをまとめてある。

今では日本各地で古いまち並みが残っている地区が保存されて観光客に人気だが、当時はまだ古いまち並みというのは注目されていなかった。北野町は神戸の観光マップにすら載っていなかった。まち並み保存運動というのはこの頃から起こったのだ。

美しいまち並みというのは一度壊れてしまうとほとんど元には戻らない。そのようなまち並みを保存するには行政だけではなく住民を含めた総合的な運動が必要なのだ。

都市計画の勉強と都市景観

ここで少し私の修士論文の分野の解説をする。私の修士論文のテーマは都市景観という分野になる。都市景観とは平たく言えばまち並みの美観のことだ。都市景観というのは今では都市計画の一分野となっている。ところが私が習った頃の都市計画では、都市景観というのはまだ新しい分野で都市計画の分野としては位置づけられておらず、授業では習わなかった。

授業で習う都市計画というのは、主に近代都市計画で、18世紀以降のパリやロンドンで行われた近代工業都市の都市計画である。それは近代の土木建築技術によって短期間に機械的に人工的に作られた都市の話である。

それは、人口・産業等の発展を想定し、住宅・商工業地域、公共施設、公園・緑地等を適切に配置し、市街地を開発、上下水道や交通網を整備する等、都市の物質的な環境の整備・改善をおもな内容とする（「百科事典マイペディア」より）。

だから、私が好きなヨーロッパの美しい古いまち並み、すなわち中世のまち並みなどは近代都市計画の産物ではなく、単なる歴史的蓄積の結果作られた都市と都市景観なのである。

後で記述するが、私は大学院1年生の春休みにヨーロッパ旅行をしてヨーロッパの美しい古いまち並みが大変気に入って帰ってきていたのだった。

そういうわけで、授業で習った都市計画には、古いまち並みなどの都市景観は入っていなかったのだ。

だから、大学院で都市計画を勉強すると都市景観のことは出てこない。私は勉強中にもヨーロッパの古いまち並みなどの美しい都市景観が頭を離れなかった。そして読んだ本の中には、そのころ出たばかりのケビン・リンチの「都市のイメージ」やクリストファー・アレクサンダーの「パタンランゲージ」などがあり、それらは私の好きな都市景観をうまく解説していたのが大変印象に残った。

それで私の修論は、近代都市計画を専門とするゼミの先生に逆らって、神戸の古いまち並みをテーマに選んだのである。私はそれらの本の方を参考にしたのだ。

そしてその後になって、都市景観は都市計画の一分野に位置づけられるようになったのだ。

オーディオが趣味でFMエアチェック

私は昭和45年（1970）の高校入学時にお祝いにステレオを買ってもらって、それから自分で音楽を演奏するよりもステレオで音楽を聴くことの方が好きになった。

ステレオというのは左右に分かれた2つのスピーカーから音声を聞く方式である。その再生装置のことをステレオ・セットというが、これも略してステレオといった。

私が買ってもらったステレオは、日本ビクター製の木製家具調の、左右のスピーカーが独立している立派なセパレート・ステレオ・セット（SSL-87MS）であった。特にその機種は高音から低音までの音域を5分割してそれぞれに音量を調節できる優れものであった。具体的には高音、中高音、中音、中低音、低音の5分割である。今でいうグラフィックイコライザーである。このおかげで音の勉強になり、音質について大変こだわるようになった。いろいろなレコードをかけて聞いたが、それらの音質の違いを味わうようになったのだ。当時の高校生としては贅沢な趣味だった。ちなみにオーディオというのはステレオ・セットを含む幅広い音響機器のことをいう。

昭和48年（１９７３）に大学へ入学したとき、狭い下宿にステレオを持って行くことが出来ず、大変残念だった。その代わり買ってもらったＦＭラジオとカセットテープレコーダーでエアチェックをして音楽を聴くようになった。エアチェックとは放送を受信して録音することだ。ＦＭラジオのイヤホンジャックとカセットテープレコーダーのマイクジャックをケーブルで継いで接続し、カセットテープにＦＭ放送をたくさん録音して音楽を収集した。おかげでレコードを買うより安くたくさんの音楽を聴けるようになった。

この頃から音質の良いＦＭ放送のエアチェックが流行し、ステレオ方式のラジカセ（ラジオとカセットの融合機）が発売されるきっかけになった。しかし私の頃はまだなかった。だが、私はオーディオ（音響機器）の知識があったので工夫して先の方法で録音したのだ。

そのＦＭエアチェックの流行とともに出版されたのが、ＦＭ放送の番組予定表が載っている雑誌である。「FM fan」や「ＦＭレコパル」などのＦＭ情報誌である。そこには２週間分以上の放送予定のレコードや曲目が掲載されたので、我々エアチェックマニアにとって必需品になった。狙った曲目をその放送日時に待ち構えていて録音したのだ。

狭い下宿にはステレオ・セットはなかったので、録音したカセットテープを聴くのはヘッドフォンを使った。当時は頭にかぶさるような大きなもので、オーディオ用だからステレオ方式で音質が良く、ラジオやカセットテープレコーダーの付属のモノラルスピーカーで聞くよりはるかにいい音だった。大学4年間はそれでテープを聴いていた。

昭和52年（1977）に大学院に入ると少し広い下宿に引っ越したが、それでも実家の大きなステレオ・セットを置くスペースは出来なかった。なので、もっと小さなステレオスピーカーを置くことにした。買うと高いのでスピーカーを自作することにした。自作できるのかと思われるかもしれないが、木の箱の部分は自作できるのだ。それに裸のスピーカーユニットを取り付ければ良いのだ。それですいぶん安くなる。そして思ったよりも音が良いのだ。

それに気づいたのは友人のおかげだ。彼は自分の下宿でラジオを聞くのに、裸のスピーカーユニットに繋いで聞いていたのだ。それだけでもラジオよりいい音がしたのでびっくりした。それなら木の箱に入れればもっといい音がするはずだ。

少し専門的になるが、雑誌のスピーカー自作記事を参考にした。購読していたＦＭ情報誌の「FM fan」に、オーディオ評論家で一世を風靡した長岡鉄男氏の記事が載っていた。木の箱は日曜大工で出来る。スピーカーユニット等の電気部品は大阪の電気街の日本橋で買ってきた。

作ってみたら想像以上にいい音がして感動した。友人を呼んで音楽鑑賞会を開いたくらいだ。そこからオーディオの世界にはまり込んでいったのだ。

大学院2年の昭和53年（1978）頃、土曜日の3時からNHK大阪放送局がFMで、「ステレオリクエストアワー」という番組を放送していた。当時NHKの各放送局が独自企画で放送していた。そのパーソナリティで人気があったのが黒谷昌子さんだ。視聴者のリクエスト曲をかけてくれるだけではなく、楽しい会話が良かったのを覚えている。ファンクラブまで出来て大阪まで行ったことが懐かしい。私も根っからのオタクだった。

それが昭和57年（1982）のCDの発売とレンタルショップの登場で、CDやレコードから直接カセットテープに録音できるようになり、FMエアチェックは廃れていった。FM情報誌も廃刊になっていった。あのFMブームは何だったのだろう。

初めての海外旅行

大学院1年の昭和53年（1978）の春休みにヨーロッパへ旅行した。就職したらそんな暇はなくなるし、学生時代に行っておきたかった。大学院2年に上がる前の今のうちが暇でチャンスだった。同級生が誘ってくれたのもあった。

ただお金がなかったので親に借金をした。建築の勉強は海外を見なければならないとかなんとか口実をつけたが、半分は本気である。就職したら返すと言ったが、いわゆる出世払いというやつである。父は黙って出してくれた。ありがたかった。

ちょうどその頃から日本では海外旅行ブームが始まっていた。ＪＡＬパックなどのパック旅行が出来ていた。農協の団体ツアーも行っていた。日本人が海外ブランド品を買い始めた頃だ。

ＪＡＬパックやＪＴＢのツアーは高額で学生には手が届かない。まだ格安航空会社がなかった頃だ。なんとか安いツアーを探したところ、大学の生協にCO-OPツアーのパンフレットがあった。大学の生協は商売上手だ。あらゆる学生のニーズを取り込んでいるのには驚いた。その頃から学生の卒業旅行のニーズがそれほどあったのだ。

２月末から４週間の日程で、ギリシャ、イタリア、スイス、フランス、スペイン、イギリスと回った。安いツアーで自由行動時間が多く、見たいところを重点的に見られて良かった。それにツアーメンバーは大学生ばかりで楽しかった。

でも中には社会人もいた。その人が実は旅慣れていて、CO-OPツアーをわざわざ選んで来ていた。安くて自由行動時間が多いからだった。その人には海外旅行のコツについていろいろ教わった。ベネチアは見どころが多いので滞在を２日に変更することや、レストランの選び方などを教わった。ロンドンではイギリス料理はまずいから、インド料理か中華料理にすることなどだ。

現地の日本人ガイドさんにも本音も含めていろいろ教わった。今でも役に立っているのはスパゲティの作り方だ。現地の作り方が実は意外と簡単で、それでも本格的だった。日本ではまだイタリア料理が普及する前だったのでありがたかった。現地のレストランで食べて感動したボンゴレが実は簡単に作れるのだ。カルボナーラもトマトソースの作り方も教わった。帰国して家族に作って自慢した。

そのほかいろいろ海外旅行の楽しさを知って、日本に帰りたくなくなったものだ。この海外旅行の経験は、グローバルな視点が身について、その後の仕事に役に立つことになった。

設計事務所でのアルバイト

大学時代はいろいろなアルバイトをやったが、やはり進路に目指している建築設計事務所でのアルバイトが勉強になった。その設計事務所は建築家一人でやっている個人事務所で、大学にアルバイトの求人が来ていたので応募した。下宿の近くにあったので通うには困らなかった。

その建築家はイギリス帰りで、個人住宅の設計などを中心に活動していた。そこでは、私は建築未経験者なので下働きをやった。住宅の間取りのアイディアを描いたり、その住宅の模型を作ったりした。その様子はテレビドラマで出てくる建築家の個人事務所の風景そのままだった。

建築業界のことをまだ知らない私は、失礼にもその建築家の先生に、個人住宅を中心にやっているのですかと聞いたものだ。もちろんいろいろな施設をやりたいのだが、経営上、仕事の数をこなさないといけないのでどうしても個人住宅が多くなるのだ。

先生が設計した住宅を訪問したときに、オーナーの奥さんにキッチンの流しの形が使いにくいと細かいクレームをいろいろと聞かされたものだ。私はそれを聞いて、こんなキッチンの細かいことばかりやるのはつまらない仕事だと、恥知らずにも思ったものだ。住宅設計ではキッチンが重要で、設計の中心になるのがわかっていなかった。

それで就職するときは個人事務所より大きな組織事務所に就職したいと思った。

表町ガーデンショップ

設計事務所への就職活動には自己アピールとして自分の設計作品を見せるというのが定番だ。大学の課題だけでは作品は足らないし、バラエティが少ない。そこで設計コンペ（公開設計競技、いわゆる設計コンテスト）に入賞するというのがアピールになる。

そこでたまたま日本建築学会の中国支部設計コンペに応募した作品が入選した。それは古い商店街の再開発案だった。古い昔ながらの商店街を現代的な商店街に再開発する案だった。

古い商店街という

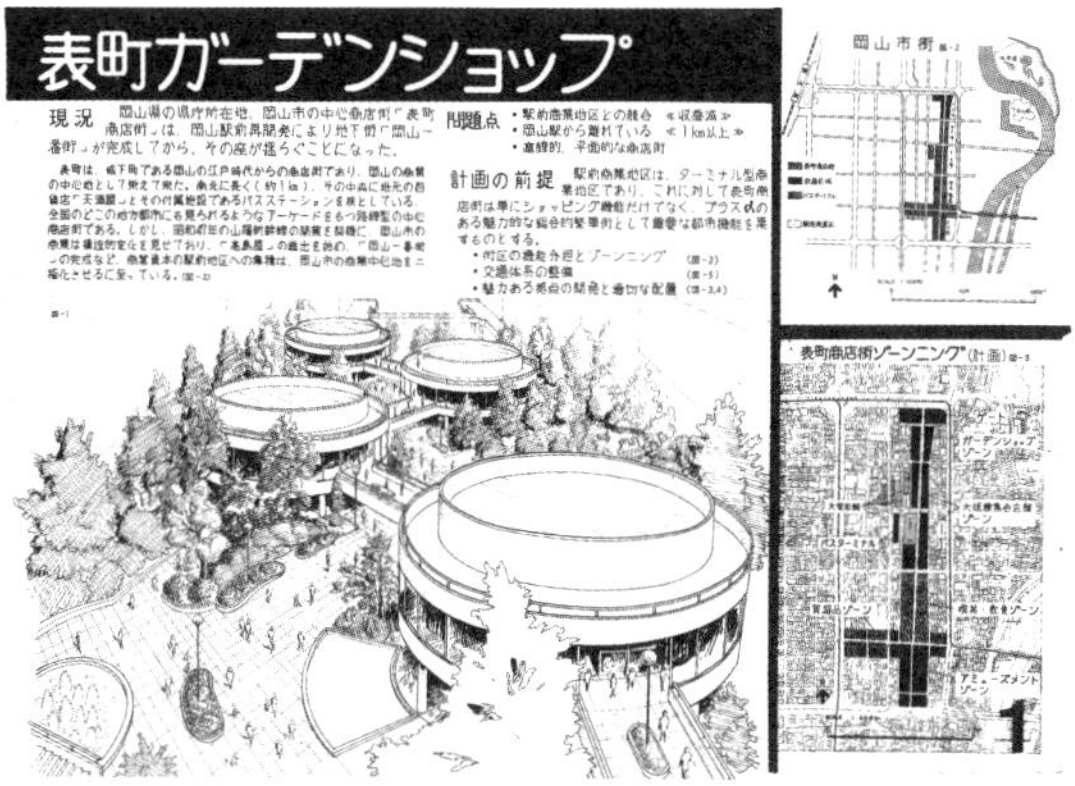

設計コンテスト入賞作品。日本建築学会中国支部設計競技昭和51年（1976）。

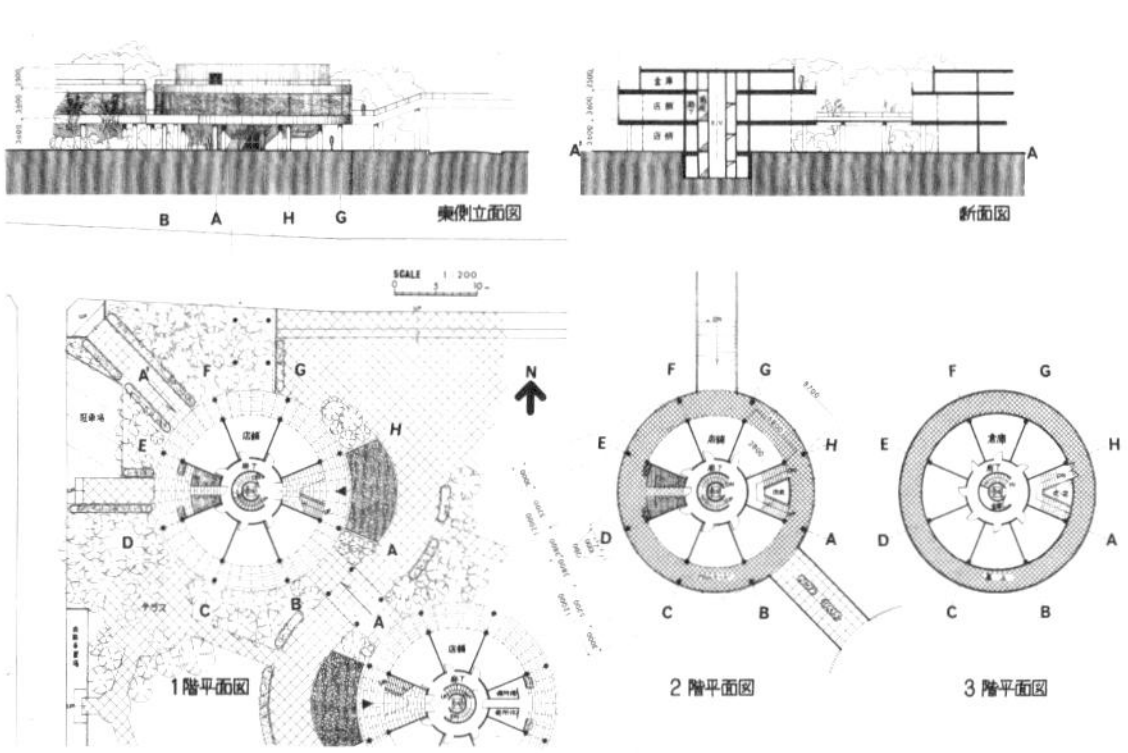

モールの中に円形の店舗を配置し、回遊できるようにした。

のは、私の出身地岡山市の表町《おもてちょう》商店街という戦国時代から続く歴史的な商店街のことである。私の実家はその商店街で代々履物店を営んでいた。草履や下駄など和装の履物店である。私はその履物店の跡取り息子だった。

それで実家の古い商店街をなんとか現代的なモダンな商業空間に変身させようとしたのだ。商店街全体を公園化してその中にモダンな店舗がリズミカルに点在する形にした。それだけでは店舗の数が不足するので、その周囲の商店街を高層化して全体の店舗数を稼ぐ案だった。高層ビルの間に公園が広がっているというアイディアだった。その名も表町ガーデンショップだった。それがたまたま入選したので就職活動の自己アピール資料になったのだ。

岡山時代の話は拙著「岡山表町商店街物語　昭和の上之町で育った子どもたち」に書いたので、そちらを読んで頂きたい。

設計事務所への就職

当時の我々の就職活動というのは、大学に来た求人をゼミの先生が学生に振り分ける方式だった。先生が各企業に学生を推薦するという形だ。だから先生がこの企業に行きなさいと言ったら有無を言わず承諾するものだった。大企業の求人はすべてこの方式だった。だからこれが嫌なら自分で就職活動をするしかないが、それでは中小企業にしか行けない。

設計希望の学生は自分の作品である図面を持って設計事務所を回って自己アピールして就職活動をすることが多かった。その場合は、大手設計事務所は相手にしてくれず中小設計事務所を回るのが常だった。そこまで設計にこだわる根性のある学生は少数派だった。ほとんどの学生は先生の推薦に従った。

ちなみに将来独立を目指している学生は、中小設計事務所に行った方が早く独立できるという話もあった。大手だと大組織で分業化しており仕事の一部しか関われないということで、中小だとすべての仕事に関われるからだった。

私は中小設計事務所へ行くと、アルバイトでやったような小さな住宅ばかり設計することになるのだと思い込んでいたので、その気は全然なかった。大学院2年のときである。

まだ大不況が続いていたから求人数は学生数を満たしていなかった。成績の良い学生や大学院2年生から優先だった。それにあぶれた学生は自分で就活をするしかなかった。大変な時代だった。

だから私は滑り止めに市役所や県庁を受けることにした。出身地である岡山市役所と岡山県庁である。岡山県庁に電話すると、今年度は建築職の募集はないと素っ気ない返事だった。それで岡山市役所を受験したらたまたま合格した。両親は喜んだが私は役人になるのは気が進まなかった。何も知らない私は、役人というのは毎日ハンコばかり押していると思い込み、脳みそが腐ると思っていた。ひどい偏見だが、役人がどんな仕事をするのか全然わからなかったし、やはり設計がやりたかったのだ。

私は先生からある中堅設計事務所へ行けと言われた。それは大不況の当時、ラッキーなことだったのだが、身の程知らずな私は会社の内容が気に入らなかった。そこは「A設計」という会社で、大手電気機械メーカーのA社の子会社だった。親会社が製造業なので、その工場や倉庫などを中心に設計している会社だった。A社の営繕部門である。東京に本社がある。確かに大きな施設を設計している会社なのだが、工場や倉庫は当時全く美的デザインには縁がなかった。鉄骨スレート葺きの灰色の箱ばかりである。建物の中に入るのは機械や荷物ばかりである。人間が生活する建物とは言えない、人間味が全くない。私はデザインがやりたくて設計事務所に行きたかったのだが、そこは全く毛色が違う。

先生に工場や倉庫ばかりだと文句を言ったが、このご時世に何を言うか、贅沢は言うなということだった。会社には社員寮もあった。中小企業が多い設計事務所に社員寮があるのは立派なものだった。東京に就職するのは不安だったが社員寮があるので安心した。東京に憧れもあった。私は岡山市役所を辞退して行くことにした。

東京へ行く決心をしたのにはもう一つの理由があった。大学院の同級生のSが私の下宿に現れて、岡山市役所の合格を辞退してくれと頼んできたからだ。Sは同じ岡山県出身で岡山市役所を受験していたらしい。岡山市役所に合格したのは私一人だけだったらしく、Sが次点だということだった。私が辞退すれば彼が合格できるのだ。そうか友人が困っているならと譲ることにした。これがその後の私の人生に大きく関わってくるのだが、それはまた後で。

Ⅱ　中東編

「海外工事で中東へ」

A設計への就職

東京サラリーマン生活開始

昭和54年（1979）4月、私は建築設計事務所のA設計に24歳で入社した。A設計は東京に本社があった。本社は東京駅の真ん前の丸の内だった。それも有名な丸ビルの隣の新丸ビルの中にあった。最初は本社勤務だったから東京丸の内に通うサラリーマンになった。東京では丸の内のサラリーマンとはエリートサラリーマンということである。そんなエリートサラリーマン生活になるとは夢想だにしていなかった。

それを一番喜んでくれたのは父だった。わざわざ妹と東京に来てくれて、大手町のレストランでお祝いの食事をしてくれた。息子が丸の内に勤めるようになるなんて、というわけである。私は建築士になると思っているので、そんなことにはまるで関心がなかったが、後にその意味がわかってくる。丸の内は大企業の本社が集まっているところなので、大企業のエリートサラリーマンばかりいるところだったのだ。

A設計は新丸ビルの中にあるのだが、規模から見ると中小企業なのになぜそんな家賃の高いところにいるのか、それは勤務してみてわかった。親会社の電気機械メーカーA社の本社がこのビルに入っているからだ。A社は巨大企業グループを形成しており、グループ社員数が数十万人にもなるのは後で知った。自分はそんなところに入ったのか。建築士になりたい私はいまひとつピンとこなかった。新丸ビルの中を歩けばA社の本社だけではなく、いろいろな大企業が入っていた。隣の丸ビルもそうだった。また低層階には様々な商店が入っており、そんなお店を見て回るだけでも楽しかった。丸の内のサラリーマン気分が味わえたものだ。

丸ビルの商店街の中にモーリ飯店という老舗中華料理店があった。残業飯でよく行った。中華丼や焼きそばをお手頃価格でよく食べた。ルースーツォーメン（肉絲炒麺）という、肉とタケノコとピーマンの細切り炒めのあんかけ焼きそばが思い出である。

しかし、そんなエリートサラリーマン気分も毎日の電車通勤が始まると消し飛んでしまった。なぜならものすごい混雑で通勤地獄と呼ばれた頃だったからだ。昭和54年（1979）のことだ。

会社の寮は千葉県の松戸市にあり、常磐線で上野まで出ると、山手線で東京駅に来る。電車に乗るときにはラッシュで駅員が乗客の尻を押していた。電車の乗り換えも大勢で乗り切れないので、1、2本見送ってからやっと乗れる有様だった。駅のホームは人であふれかえっており、一度に行けないので階段で待たなければならなかった。松戸駅ではホームから人があふれて線路に落ちた。やっと乗れた常磐線の電車の窓ガラスが混雑で割れ、女性客の悲鳴が聞こえた。地方の岡山出身の私には想像を絶する世界だった。

また会社の寮の場所が、とても東京生活とは思えない田舎ですごかった。当時の千葉県の松戸は、畑ばかりの中に新興住宅地が点在するようなところだった。会社の寮は常磐線の松戸駅から新京成線に乗り換えたところの、畑の真ん中にあった。私は岡山市の商店街育ちなのでこんな畑の中に住んだことがない。寮の部屋の窓を開ければ、風が強くて一面の畑の砂埃が入ってきて部屋中が砂だらけになった。

寮は4人部屋で2段ベッドだった。先輩と一緒に寝起きするのだが、その先輩が毎晩べろべろに飲んで帰ってくる。それで2段ベッドに上がるのが千鳥足でやっとだった。東京のサラリーマン生活の悲哀が伝わってきた。

また、せめて会社では東京生活の雰囲気があるのかと思ったが……これまたそうではなかった。というのはフロアから聞こえてくる言葉が東京弁ではなかったからだ。「～だっぺ！」という謎の言葉が飛び交っている。新丸ビルのオフィスの中でだ。それは茨城弁だった。親会社のA社は茨城県出身の会社で、今でもメインの工場は茨城県にあるので社員が会社で茨城弁をしゃべるのだ。私は東京の会社に勤めている気がしなかった。会社の寮は千葉県だし、本社工場は茨城県だ。どうも東京の会社に就職したとは思えなかった。

A設計の仕事の内容

一方、毎日の仕事だが、設計事務所に就職したので設計をやらせてもらえるのかと思ったら、そうではなかった。まずやらされたのは見積もりだった。それは受注前の建物の見積もりである。見積もりというのは建設費がいくらかかるかを試算することだ。費用すなわちお金の計算である。費用の計算は大学では一切習わなかった。そういえば学校ではお金の計算は習わないが、実社会ではお金の計算は必須である。なぜ学校で教えないのだろうか、いまだによくわからない。設計の仕事を受注するにはその建物の見積もりが出来なければならない。毎日見積もりばかりやらされるので、先輩に愚痴ってこの会社は「A設計」ではなくて「A見積」だとこぼしたものだ。

それからやらされたのは、海外工事で必要になる膨大な英語の文書の翻訳である。その頃海外工事に手を広げ始めていたからだ。設計事務所の仕事で英語が必要になるとは思ってもみなかった。たまたま大学の英語の成績が「優」だったのが見込まれたのだ。それが良かったのか悪かったのかはいろいろあるのでまた後で述べる。

そして実際に受注した建物の設計の仕事が回ってきた。いよいよ設計が出来る、図面を引けると喜んだが、上司にこう言われて愕然とした。「図面なんて引かないよ、図面1枚2万円で外注に出すんだ」と下請けの設計事務所に図面作成を依頼したのだった。

「えっ？　設計事務所なのに図面を引かないなんて！　じゃあ私は何をするんですか？」「仕事の管理だ」「えっ？」

設計事務所なのに自分で図面を引かず下請けに出し、仕事の管理だけをやるのだ。それを仕事を回すと言った。これが大企業が利益を上げる仕組みである。自社の人件費が高いので自分で図面を引いてはコストが高くつく。それよりも仕事はできるだけ安い下請けに出して、一人が数多くの仕事を早くこなした方が利益が上がる。高い家賃も払っている。私はこの理屈をここで初めて知った。全く世間知らずだった。これを仕事（案件）の管理（プロジェクトマネジメント）という。

私はこの理屈はなかなか納得できなかった。これじゃあ図面を引く能力（スキル）は身につかないじゃあないか。会社にも設計技術が蓄積されない。会社はこれでいいのか。それに私は将来独立も考えられるような建築士を目指しているのだ。技術が身につかない。当時の私はまだこの程度の知恵だった。

ここで会社の理屈をもう少し解説する。外注に出す図面とは誰が描いても同じようなものばかりだ。我社にしか引けない図面ではない。それなら一番安い会社に下請けに出した方が儲かる。誰が書いても同じ図面とは、今回の場合具体的には画一的な工場や倉庫だ。構造も仕上げも簡素でワンパターンなものばかりだ。鉄骨スレート葺きなどだ。鉄骨の骨組みで、スレートというセメント板の屋根や壁の建築だ。独自な設計というものはまずない。今回私が担当したのは倉庫だった。この手の仕事は一つひとつに手間をかけずに数をこなして利益を上げる。そのために下請けを使うのだ。大企業はこうやって儲けるのだ。

倉庫なんて私がやりたかった建物ではないが、我社は工場や倉庫が主力の会社だったからそこは諦めるしかなかった。親会社のA社の工場や倉庫を一手に引き受けているのだ。それに私が配属された部署は工場や倉庫等の産業施設を作る部署だった。私がやりたいような事務所ビルや学校などを設計するのは別の部署だった。

しかたがなかった。中には原子力発電所を設計する部署に配属された同期もいた。親会社のA社は原子力発電所も作っていたからだ。原子力発電所といえば、大学時代に福井県の美浜原子力発電所にゼミで見学に行っていたのだ。だから原発の大変さはわかっていた。

4年のときのゼミは鉄筋コンクリート構造のゼミだったから原発を見学したのだ。というのは、原発というのは放射線を封じ込めるためにマスコンクリートといって分厚い鉄筋コンクリートの壁で囲んだ構造である。鉄筋コンクリート構造では最先端の分野だったからだ。こんなゼミにいたこともたぶん配属部署に関係していたのだ。

倉庫の設計で現場監督

話を戻すと、最初に担当したのが倉庫だった。図面は下請けが描いているから私は案件の管理だった。まずやったのが工事監理だった。設計図通り建設されているかどうかを現場に行って監督することを工事監理という。その倉庫は我社が設計し、その建設工事は別途建設会社が受注して担当している。私はその建設会社の現場に常駐して監督をしたのだ。

それは一般に言う現場監督という仕事ですねと思われがちだが、ちょっと違うのだ。建築業界の話なので少し説明が必要だ。普通、現場監督というのは建設会社の人だ。工事管理といって受注した工事を管理して監督している。一方、設計事務所から派遣する監督もいる。工事監理者だ。管理と監理とは違いがある。建築現場には二人の監督がいるのだ。

建設会社の監督も設計図通り作るのが仕事だが、それよりも作業員を管理して納期や予算を管理するのが優先だ。建設会社は工事を合理化して会社（受注者）の利益を上げるのが目的だからだ。一方、設計事務所の監督（工事監理者）は作業員や納期や予算は管理せず、設計図通り作っているかどうか、いわゆる品質管理を優先して、発注者（施主という。ここではA社）の利益を守るのだ。

工事を受注した建設会社（受注者）と、工事を発注した施主（発注者）は利益相反関係にある（利害が対立している）。設計者は施主側に立っているので、受注者とは利益相反関係になる。工事を安く早く仕上げたい受注者（建設会社）はついつい手抜き工事になる場合がある（実際はそんな幼稚なことは滅多にないのだが）。そこを工事監理者は目を光らせて品質を守るのが仕事だ。ちょっとややこしいが、この点が今後の私の仕事の重要点となってゆくのだ。

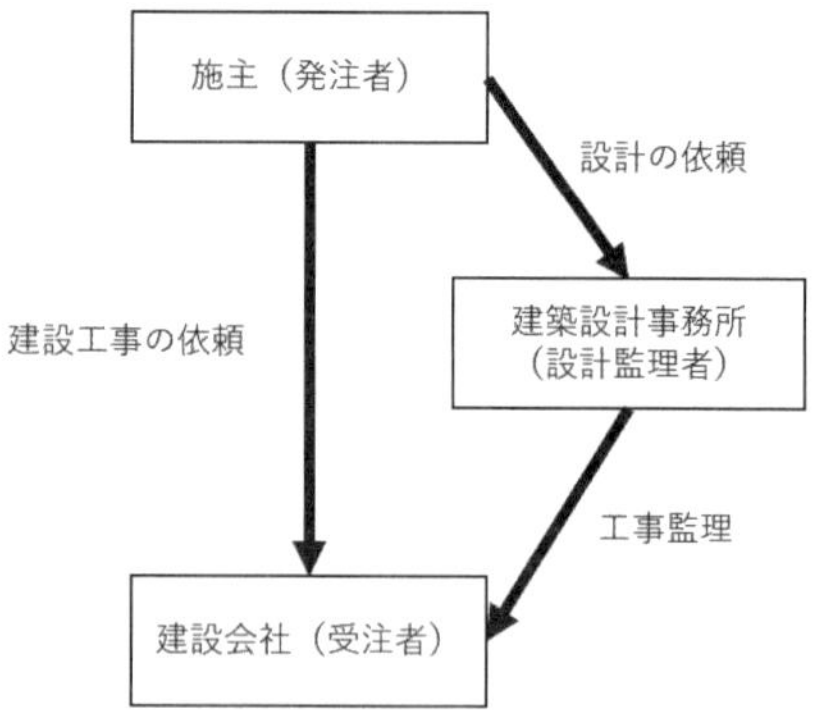

建築の設計と工事の関係者の関係。建築の発注者を施主と呼ぶ。施主が設計を建築設計事務所（設計監理者）に依頼する。設計が出来ると発注者は建設工事を建設会社（受注者）に依頼する。その工事を設計事務所が監督する（工事監理）

私はその倉庫の建設現場でヘルメットをかぶって現場監督（工事監理）を行った。初めての建設現場だった。現場監督というと大勢の作業員を監督しているように思われるが、それは私ではなくて建設会社の現場監督（工事管理者）の仕事だ。私の仕事は設計図通り作っているかどうかをチェックする仕事で、わかりやすく言うと建設会社の現場監督を監督する仕事だ。

監督を監督するというのはすごく偉そうな仕事だと思われるが、具体的にはこうだ。建設会社というのは設計事務所が描いた設計図を元に、自分たち専用の施工図というのを描いて工事をする。施工図は設計図よりもさらに詳細な図面と言って良い。その施工図を見れば設計図通り作っているかどうか事前にチェック出来るのだ。だから施工図をチェックするのが私の主な仕事だ。もちろん図面だけではなく、現場作業も見るしチェックもする。こういう仕事が工事監理者の仕事である。

私は初めてこの仕事を担当したから、現場では当然何もかも初めての新米だった。しかも上司や先輩などいないのだ。我社からはたった一人の赴任だった。今から思うと上司はよく私一人に任せたと思う。だから仕事をどうやって覚えるのかというと、周りから学ぶしかない。つまり建設会社の監督から仕事を教えてもらったのだ。監督される側の人間から監督する側の人間が教わったのだ。立場が全く逆になった。

私はとにかく頭を下げて一から教わった。建設会社の人も親切だった。こんなこともよくあるのだろう。つい私は「うちの会社は仕事を教えてくれないんですよ、現場で体で覚えろと言うのです」と愚痴を言った。そうしたら、「体で覚えた仕事は忘れないよ」と言ってくれた。親切が身にしみた。私は、一つの建物を完成させるためには社外の人も社内の人も関係ない、みんな一致協力して成功させるのだということを学んだ。若手は現場で学ぶのだ。

倉庫の現場監督は半年くらいで終わったが、その現場は寮からは遠かったので通うことは出来ず泊まりがけで赴任した。宿舎はその倉庫がある工場の社員寮だった。その工場はやはりA社の工場なので、その独身寮の空きを借りて宿泊させてもらったのだった。だからそこで工場の社員と同じ釜の飯を食って生活をし、工場の社員の生活を体験することが出来た。

海外工事の仕事

倉庫の現場監督（工事監理）を一人で終えて会社に帰ってくると、会社の雰囲気が少し変わっていた。うちの部署は海外工事にも手を広げていたからだ。倉庫の仕事に行く前に海外工事の文書の翻訳や、見積もり作業も手伝っていたから、いよいよ海外工事が増えてくるのだなとわかっていた。自分が海外に行くことになったら嫌だなと思っていた。海外に行くことに比べれば、国内工事で各地の現場に行くことは苦ではなかった。

その海外というのは、中東のサウジアラビアやＵＡＥ（アラブ首長国連邦）など砂漠の国々だったからだ。親会社のＡ社が進出を始めていて、変電所や発電所などを作っていたのだ。同じ海外でも欧米の先進国なら勉強になるので行ってみたかったが、砂漠の国など開発途上国へは行きたくなかった。全然勉強にならないと思っていたのだ。国内の仕事を一生懸命やっていれば、私だけは行かないで済むかなと勝手に期待していた。

そんな中、丸の内の会社に女性が小さい子どもを連れてやって来て上司にこう言った。「うちの主人をいつ帰してくれるんですか⁉」その女性は会社の社員の奥さんだった。その社員は海外工事でＵＡＥに出張して3年帰ってきていなかった。工事監理で1年出張の予定が延び延びになっていたのだ。なので、奥さんがしびれを切らして会社に怒鳴り込んで来たのだった。上司は返答に窮して……会社がシーンとなった。

私はその状況を固唾を飲んで見守っていた。その海外工事は1年で完成の予定が3年たっても終わらないのだった。何でだろう、海外だからいろいろあるんだろうなとは思った。私はつくづくこんな目に遭いたくないなと思った。まだそのときは自分が行くことになるとは思っていなかった。

ところがある日上司に呼び出されて出張命令が出た。中東のK国の海外工事に行ってくれということだった。期間は1年ということだった。なぜ私ですかと尋ねると、社長の目に止まったからだと言われた。ちょうどその前に倉庫工事の完了報告を社長にしたから見込まれたようだった。入社2年目なのに一人で工事監理をやり遂げたというのが目に止まったらしい。社長命令には逆らえない。仕方なく引き受けることにした。会社を辞めたいという思いもあったが、どうせ辞めるなら一度海外工事を見てみたいとも思ったのが運の尽きだった。海外工事はそんな甘いものではなかったのだ。

中東の砂漠の国K国へ

K国到着

昭和55年（1980）10月2日午後3時、26歳になった私はたった一人で中東のK国へ向けて出発した。搭乗した成田発スカンジナビア航空ヨーロッパ行き南回りはフィリピン、タイ、中東のK国経由でヨーロッパに行く便だった。（SK978便、東京＝マニラ＝バンコク＝K＝アテネ＝コペンハー

ゲン（1979年より：スカンジナビア航空、機材：ダグラスDC-8-63、経由地：4箇所）

乗客は観光客風の人はあまりおらず、仕事や用事で乗っている人たちばかりのように見えた。夜の便だから暗くよけい観光気分はなかった。途中で下りたフィリピンのマニラや、タイのバンコクから乗ってくる人たちは皆労働者風に見えた。2年前にヨーロッパ観光旅行をしたのだが、その時とはまるで違った。だから私はこの旅行は観光ではなく仕事なんだという思いがますます募った。

ペルシャ湾岸にあるアラブの国K国に着いたのは深夜1時48分だった。空港に下りる前に高度を下げてペルシャ湾上空を飛ぶ飛行機の窓から見えた光景が大変印象的だった。真っ暗闇の海面に点々とたくさん燃える炎が見えるのだ。それは油田の煙突から出る炎だった。ペルシャ湾岸には無数の油田があり、そこから出る不要なガスを燃やしている。上空からはそれがまるで闇夜の中のたくさんのろうそくの明かりの様に見えるのだった。

到着すると真夜中でひとけのほとんどない空港は薄暗く、いっそう不安になった。手荷物カウンターには私一人だった。そこでスーツケース以外に段ボール箱3、4箱の荷物を受け取るのだから目立った。その箱の中には現地の社員たちへのお土産がたくさん入っているのだ。その中には税関で引っかかりそうな物も入っていたから不安が募った。

手荷物検査の係員は一人だけだった。口ひげを蓄えた浅黒い男で黒い瞳がこちらをにらんでいる。段ボール箱を開けて中を見せろと指示された。私は一つの箱を開けて中を見せた。中身の一つ一つをこれは何だと聞いてくる。そこで私はお土産の電気ひげ剃り機を取り上げ、日本で会社の人から言われたように「Present for you.」と言った。そうするとすぐ、行って良いと言われた。箱を全部開けずに済んだ。

私は出口を出ると現地の社員が迎えに来てくれていた。たくさんの荷物を車に積むと、真っ暗闇の中をヘッドライトの明かりが照らし出したのは砂山だった。道路脇は延々と砂山が続いている。本当に砂漠の国に来たんだという気がした。

宿舎から現場の様子

到着から一夜明けると、そこは真っ青な空の下で真っ白な地平線が続く砂漠の国だった。刺すような日差しがまぶしい。白い砂の地面が日光を照り返して余計まぶしい。宿舎のあるそこは郊外で低層の住宅が並んでいる。建物はすべて四角く白い壁でコンクリートかまたは煉瓦造りだった。樹木の緑はまずない。まちは白っぽくて、乾燥して砂塵が舞っている。非常に埃っぽい。我々の宿舎はそんな住宅の一軒だった。

そこから仕事場の現場事務所へは数人ごとに車に分乗してゆく。車の運転手は現地のアラブ人だった。工事現場はまちから外れた砂漠の真ん中だった。車の窓から見えるのはまっすぐな地平線で、雲一つない青空と真っ白な一面の砂原だった。そのうち車は平屋のプレハブ小屋に着い

K国郊外。砂漠の上に作られたまち

上空から見たK国郊外の市街地。

た。そこが現場事務所である。

現場事務所には日本人社員の他に、現地人の小間使い（オフィスボーイ）が何人もいた。

現場の警備員も現地人だった。現地人は日本人と違って気さくに話しかけてくるので、緊迫した空気が和んだ。日本人の方は建築工事が相当遅れていて皆ピリピリしているのだ。私は入れてくれたコーヒーを飲んでほっとした。

私は現場事務所では一番新米の下っ端であったから、仕事はオフィスボーイと関わることが多かった。オフィスボーイはインド人の若者だった。彼らはインドなまりの英語をしゃべるのだ。でもやさしい英語を使ってくれるからわかりやすかった。私の片言の英語でもなんとかなった。これがネイティブならそうはゆかない。彼らはインドのことも教えてくれた。50の民族がいて50の言語があるそうだ。

彼らが使う英語でわからないのもあった。たとえばオフィス用品の一つを「ラッパラ」と言うのだ。それを持って来てくれてやっとわかった。消しゴムのことだった。それは英語のラバー（rubber:ゴム）と言っているのだが、Rの発音がインド風の巻き舌で「ラ」となるのだ。

インドはかつて英国の植民地だったから、公用語として皆英語を使

現地人のテントに招待された私たち。屋外にテントを張り、床には絨毯を敷いている。

K国の郊外の幹線道路。木々は人工的に植えている。

う。それで英語圏へ出稼ぎに来ているのだ。K国も英国の植民地だったので英語圏である。K国は石油が出て豊かなので仕事は山ほどある。近いので大勢のインド人が働きに来ている。また隣のパキスタンからもだ。彼らはあまりにも大勢いるので、まとめてインパキと呼ばれていた。ちなみにK国の人口の半分以上が出稼ぎ外国人で占められていた。その大半がインパキだった。

オフィスボーイの中にはタイピストのインド人もいた。タイピストはオフィスボーイ（小間使い）よりランクが上でタイプしかやらない。相当プライドが高かった。書類のタイプを何時までにと頼むと、「インシャアラ」と返事をする。これはアラブ語で「神のおぼしめすままに」という意味であるが、ここでは「私は何時までに仕上げるよう最善を尽くしますが、その結果どうなるかは神の御心次第ですよ」という意味になる。なんだか責任逃れのように聞こえるが、現地では普通の返事言葉だとわかった。

サンドストーム（砂嵐）の道路

砂漠の国での仕事

K国電水省

車の窓から見えるのはまっすぐな地平線で、雲一つない青空と真っ白な一面の砂原だった。そのうち車は平屋の横に長い大きな建物の前に着いた。1階はアーチ型に柱が並んで回廊になっている。強い日差しを避けてアーケードのように歩ける回廊だ。この形式はこの辺の砂漠の国で一般的な建築様式だ。その建物の中に入って行くと頭にターバンを巻いた現地の警備員が座っている。私が彼に向かって「サラーム　アレイコム（こんにちは）」と挨拶をすると、彼は「アレイコム　サラーム」と返事をした。私は奥へ進んだ。

そこはK国の電水省で、私が担当している発電所工事の発注者の建物だった。電水省というのは電気と水を作る役所のことだ。電気を作るというのは発電のことだが、水を作るというのはこういうこ

電水省の前に立つ私。毎日のように通ってここで図面に承認印をもらった。

電水省の役人と私。彼はオーストラリア人だった。図面を見せて交渉した相手。

とだ。砂漠の国だから川がない。水道の水をどこから得るのかというと、海水を蒸留して真水を作るのだ。電気も水も豊富に出る石油を使って作る。だからこの国では石油より、水の値段の方が高い。これが油田地帯であるペルシャ湾岸の国々の特徴だ。

我社の親会社のA社は電力設備などを作っているから、変電所などをこの国でも作っている。今回初めて発電所を受注したのだが、その発電所を今回私も担当することになったのだ。

私が今日この電水省に来たのは、発電所の建築図面を持って来て建築許可をもらうためだ。全部で何百枚となる図面一枚一枚がチェックされて許可が下りる。それでやっと現場で工事が出来るというわけだ。私は毎日のように図面を持って通っていた。

アラブ服を着た私

電水省の担当者の部屋をノックして入って挨拶をする。担当者は現地のアラブ人ではなかった。オーストラリア人でK国政府に雇われた技術者だった。開発途上国に多いお雇い外国人というわけだ。何度も通っているので顔なじみになっている。今日はある部分の強度計算の根拠が指摘された。彼は「ブリティッシュスタンダード（英国の基準）に従っているのか？」と聞くので、私は「ジャパニーズスタンダード（日本の基準）だ」と押し返した。

ちょっと解説すると、K国はかつて英国の植民地だった経緯から、K国内の基準がブリティッシュスタンダード（英国の基準）になっている。だから建築設計も英国の基準に従わなければならないのだが、我々日本の技術者が図面を描いているので、日本の基準しか知らない。その結果日本の基準の図面になっている。それをいちいち英国の基準で書き直している暇はない。ただでさえ現場は1年も工事が遅れているのだ。地震国日本の基準で何処が悪い。これを交渉で押し通そうとしているのだ。まあこれにはいろいろ事情があるのでまた後で述べる。

私はK国に来て10ヶ月近く経ったが、今では部長に代わって一人でこんな交渉事もやるようになっていた。ここまで来るのは大変だった。担当者は仕方がないと引き下がった。もうある程度の信頼関係も出来上がってきたからだ。私は礼を言って挨拶をすると、今日許可のハンコ（approved印）をもらった図面を急いで工事現場に届けに帰った。現場はこの図面を待っているのだ。

下請け設計事務所と移動手段と仕事の細分化

私が担当しているのは建築設計だが、いちいち図面を引く仕事ではない。仕事の管理をしている。前回の倉庫の仕事と同様に図面は下請けに描かせている。特にK国はブリティッシュ　スタンダード（英国基準）の国だから、日本人には無理だ。そこで現地の建築設計事務所に下請けに出して描かせている。先ほど日本人が描いていると言ったが、それはずっと後になってからだ。

当初の話をすると、その下請けの設計事務所の仕事が遅く、なかなか図面が出来上がらない。遅い原因はいろいろあるのだが、とにかく図面が出来ないことには工事が出来ない。現場は工事を始められない状況が続いている。その責任が我社にかぶさってきていて現場では針のむしろだった。

そんなところに私が赴任した。先に来ていた部長が先陣に立ってこの設計事務所を監督していた。いろいろ指示しても一向に進まない。それでも作業員はマイペースで描いていてスピードは一向に上がらない。そんな監督仕事を私は部長から引き継いだのだ。

そして出来た図面を出来た端から電水省に持って行って承認印をもらうのだ。出来た図面はコピーを配布しなければならないから、まちのコピー屋に持って行ってコピーをしてもらうことまで私はやった。日本なら電話一本でコピー屋が来てすぐコピーをして持って来てくれるのだが、現地では一事が万事この調子だった。本来はこんなことすべては下請けの仕事だったはずだ。全くらちがあかない。

さらに私は下っ端だから運転手付きの車（ハイヤー）はない。バスも来ない。だから各場所への移動はタクシーを使っていた。だが流しのタクシーというのがいない。電話ですぐ来るタクシーもない。まだ携帯電話はない。しかもタクシーの運転手はみな現地のアラブ人と決まっているから英語もおぼつかない。知らない外国で一人でタクシーに乗るのは勇気がいる。それにタクシーには料金メーターがない。値段はすべて乗る前の交渉で決まる。どこそこまでいくらで行くか交渉で決めてから乗るのだ。日本人とみると相当ぼられる。

そこで流しのタクシーの代わりに走っているのが、ピックアップトラックだ。後ろが荷台になっている乗用車サイズのトラックである。日本で言えば軽トラックのような感じだ。これも現地のアラブ人がやっている。現地ではこれが結構たくさん走っているので、道端で拾うことが出来る。料金はやはり交渉だが比較的安い。手を上げて車を止めると「どこそこまでいくらで行ってくれないか？」と持ちかける。向こうが大抵その倍をふっかけてくるからまた交渉になる。こちらが全然譲らないと、向こうはだめだと行って車を出してしまう。でも大抵すぐ止まってこちらに向かって安い料金を提示してくる。これを待っていた私はそれでOKを出して乗り込むのだ。こんなことをやっているから場所の移動だけで一日が終わってしまう。

私が図面のコピーを持ってあちこち飛び回っているのを見て、「エンジニアが小間使いの仕事をしている!?」と言われたものだ。確かに日本人は何でも一人でやってしまう性のようだ。現地ではエンジニアが小間使いに指示を出して細かいことは何でも分業にしてやらせる。大勢がピラミッドの構造になって分業している。これが現地の文化だ。そして一人一人がインシャラ（神の御心次第）と言ってマイペースだから全体では大変効率が悪くなる。日本人なら一人でなんでもやって、徹夜をしてでも間に合わせるのだが、彼らにはそんなモチベーションはない。融通が全く利かない。それぞれ分け与えられた仕事だけに絞ってやっているだけだ。彼我《ひが》の文化の差は大変大きい。工事が遅れた原因の多くがこの彼我の文化やペースの違いを織り込んでいなかったことにあると思う。これが海外工事のプロジェクトマネジメントというものだろう。

ちなみに移動手段でレンタカーという手はないのかと思われるかも

現場の前の公道で起きた自動車事故。現地は運転が荒く交通事故は多発した。

シリア人のドライバーと私。仲良くなって自宅に招待された。

しれない。その手もあるのだが、我々日本人は直接運転しない方が良いのだ。というのはいざ交通事故を起こすと大変面倒なことになるからだ。日本とは法制度がまるで異なるから、警察に捕まったらなかなか出てこれないそうだ。アラブ圏では刑法もすごいらしく、むち打ち刑や公開処刑もあるそうだ。交通事故は多いから、会社からとにかく自分で運転するなと言われていた。

それからタクシー等の営業運転の運転手の仕事は現地のアラブ人だけに許可されていた。技術者等のインテリの仕事から建設労働者に至るまでスキルの必要な仕事のほとんどは出稼ぎ外国人に占められている。開発途上のため人材教育が遅れている。自国民が出来る仕事が限られてしまっているので、国家政策的に運転手の仕事が国民に振り分けられているのだ。

まちの様子

市場にて

仕事は忙しいが日曜は休日だった。そういうときはまちへ出て気晴らしをした。メインストリートにはブランドショップなどもあったが、一番面白いのは市場だった。こちらでは市場はスークという。

市場（スーク）。奥の塔はイスラム教寺院のモスク。

大勢でにぎわっていた。ぼろの建物にアーケードがかかっていて日差しを避けて買い物が出来る。色とりどりでありとあらゆる物が並んでいた。

食品で目立ったのはドライフルーツの種類の多さだった。店先に山盛りで積んである。砂漠の国なので乾物は必需品だ。まずはデーツというナツメヤシの実だ。茶色い一口サイズの大きさで、中に種があって、味は干し柿のように甘い。見かけはナツメの実に似ているが全く別の植物だ。日本では見かけないが、こちらでは主食のように食べる。

それから多いのがピスタチオナッツだ。今では日本でもなじみになったが、当時は珍しかった。ピスタチオはこちらでも高級品だが、一方安くて一番食べられているのがカボチャの種だった。オフィスでも道端でも何処でも食べていた。

それから目立つのは絨毯《じゅうたん》だ。大小様々なサイズが大量に山積みにされている。絨毯店だけで商店街が出来ていて絨毯スークと呼んでいた。絨毯はこちらでは必需品で、住居の床には必ず敷いてある。元々砂漠の遊牧民だったアラブ人はテントを張って住居にしていた。その砂漠の地面に直接絨毯を敷いて床にしていたのだ。それが固定の住居になっても床には必ず絨毯を敷くのだ。一方、小さいサイズで半畳ほどのものがある。それはお祈り用だ。彼らはイスラム教徒だから一日に5回お祈りをする。それが現場事務所でも時間になると床にこの絨毯を敷いてお祈りを始める。携帯用絨毯だ。絨毯の材質は普通羊毛だが、超高級品としてシルクのものがある。それはこちらでも高価だった。

こちらの市場の特長だが、基本的に値札というものがない。物の値段に定価がないのだ。タクシーのときもそうだったが、値段は常に交渉で決まる。買い物をするのにいちいち価格交渉をする必要がある。大変面倒だが仕方がない。それがこのあたりの文化なのだ。相手が金持ち日本人と見るや、高額をふっかけてくるから、だいたい向こうの言い値の3割くらいを言い返す。1000円と言われれば300円と言い返すのだ。そこから交渉が始まる。

食べ物

アラブ料理ではトルコ料理がメジャーだった。宮廷料理を出す高級店から、町の屋台まで種類が豊富だった。街角ではドネルケバブを売っている店が多かった。店先で肉の塊が火にあぶられてぐるぐる回っている。その表面を削り取ってパンに挟んでくれる。中東一般のサンドイッチだ。またシシカバブというのはこちらでは串焼き肉だ。だいたいが羊の角切り肉のあぶり焼きだ。私は初めて食べたが、しっかり下味が付いていてそのおいしさに驚いた。

トルココーヒーというのもある。コーヒーを頼むと普通これが出てくる。甘くてどろっとしていて濃い。コーヒー豆の粉がそのまま混じっている。ミルクは入れない。沸いたお湯に粉をそのまま入れて混ぜるだけだ。だからざらっとした口当たりで、飲んだ後にカップの底にどろっと粉が残る。その残り方を見て占いをしたりするそうだ。慣れてくるとこれもおいしい。コーヒーはアラビア半島あたりが発祥らしい。だからアラビックコーヒーともいうが、中東はトルコ統治時代の名残か、トルココーヒーと呼んでいる。

紅茶もよく飲まれている。こちらの飲み方は熱い紅茶をガラスコップに入れて飲んでいる。砂糖が山ほど入っていてコップの下に沈殿している。ミルクは入れない。コップを揺すりながら砂糖を徐々に溶かして飲んでいる。透明のガラスコップに入れているのは紅茶の赤い色を楽しんでいるからだろう。道端でもおじさんたちが談笑しながら飲んでいる。

チキンテッカといって鶏の丸焼きも売っていた。これも店先でいくつもの丸鶏がぐるぐる回ってあぶり焼きにされている。これはインド料理らしい。ちょうど油が落ちてさっぱりとした味わいになっておいしい。現地人はこれを手づかみにして上手に食べる。きれいに骨だけになってしまう。

主食のパンはホブスと言った。平らで丸い、ちょうどLサイズのピザの生地のような形だ。ピザよりは分厚い。これを手でちぎりながら食べる。これも下味が付いていておいしい。現場事務所の警備員のアラブ人のおじさんが、これを一日に10枚食べると言ったので、私はびっくりした。現地人でもそれは多い。私はそのおじさんに、アシャラホブス（10枚のパン）というあだ名をつけたら、現地人の間でも大笑いになった。

レストランは外国料理が多かった。例えばインド人労働者が多いのでインド料理は多かった。中華料理もあったが、韓国料理があるのが気になった。昭和55年（１９８０）当時日本では韓国料理というのはまだ珍しかったからだ。K国には韓国人労働者が大勢来ていた。

現場に迷い込んできた子ラクダ。警備員が捕まえてくれて乗せてくれた。左端が私

韓国人労働者というのは建設労働者だ。韓国企業が建設工事を請け負っているのだが、末端の建設労働者まですべて連れて行って工事をしている。普通外国企業が建設工事を請け負った場合、末端の建設労働には現地の下請け企業を使うが、韓国はすべて連れて行っているのだ。だから現場にすべての労働者の宿舎までプレハブで建設している。我々の仕事の苦労を考えると、この方法は一理ある。

そんな中で、私はまちで韓国人の紳士に声をかけられた。「日本のかたですか?」それは流ちょうな日本語だった。私の父親以上の世代で日本統治時代を経験しているからだろう。なんだか懐かしそうだった。

文房具屋

まちに文房具屋があってそこには仕事に使うものをよく買いに行った。個人的にも文房具が好きだ。面白いのは文化の違いがあって、ファイルの形式も違えば、ホッチキスも違う。「ホッチキス」と言っても通じない、「ステイプラー」という。日本に比べて紙の質が悪く、ざらざらしてボールペンのインクがすぐ詰まった。砂漠の国で細かいチリほこりだらけだったからだ。私はアタッシュケースに様々な文房具を詰め込んで仕事をしていたので、オフィスボーイから「ステイショナリー（文房具屋）だ」と笑われた。

チリほこりといえば、砂嵐の日もあった。サンドストームといった。砂がバラバラと飛んでくるわけではない。あたり一面まち中が霧に覆われたようにかすんでしまう。細かいチリほこりが空中をただよっているのだ。それが数日続くのだ。そのときは口を布で覆ってできるだけほこりを吸い込まないようにする。

映画館

映画館もあった。行ってみたが建物がぼろい。まるで日本の昔の場末の映画館のようだ。観客はインド人やパキスタン人が多く、労働者風の男たちでいっぱいだった。女子どもはいない。皆仕事で疲れた労働者の気分転換ストレス解消といった感じだ。上映されている映画は香港映画とインド映画だった。香港映画はカンフー映画だった。ブルース・リーとかジャッキー・チェンなどのスターは出ておらず、延々と格闘が続くだけの映画だった。インド映画の方は山あり谷ありの大河ドラマでお涙頂戴があり、歌や踊りありのやたら長い映画だった。両方ともなんだか疲れるだけだった。自分も出稼ぎ労働者になった気分だった。

ビザの更新

出稼ぎ労働者といえば、私もこの国へはワークビザで入国しているれっきとした労働者だった。この国は観光ビザはない。観光目的では入れないのだ。だから外国人は出稼ぎ労働者ばかりだ。そのワークビザの更新で役所に行ったが、そこにはそんな出稼ぎ労働者が大挙して押し寄せていた。その行列の中に私も並んでパスポートにスタンプをもらった。まるで出稼ぎ労働者になった様な気分だった。

現地のファッション

まちを歩いていて気になるのは現地人の様子だ。特に黒装束の女性たちだ。頭から足の先までアバヤという真っ黒な布をかぶって歩いている。そこに目だけが露出している。アラブ人の女性は宗教上他人に肌を見せてはいけない。だからじろじろ見るのもはばかられる。女性といっても老人もいる。その老婆が何処でも道路を横切ろうとして危ない。横断歩道も信号も滅多にないからだ。老婆は黒いアバヤから手のひらだけを出して指をすぼめて上に向ける。これを車の運転手に見せるのだ。ちょっと待ってというサインだ。それで車のスピードを落とさせたり、止まらせたりするのだ。

一方、男性の方は、全身が白装束で顔は全部出している。浅黒い顔に鼻ひげで、頭は白い布をかぶって黒い輪っかをはめている。伝統的な民族衣装だ。これは正装である。

女性も男性も足下まですっぽり布に覆われている。砂漠の国で暑くはないのかと思われるが、これが逆に涼しいのだ。直射日光を遮るだけではない。夏は気温が50度以上になる。それはヘアードライヤーの熱風を浴びているような暑さだ。そんな熱風を遮ってくれるのだ。服の中は体温だから外気よりはるかに

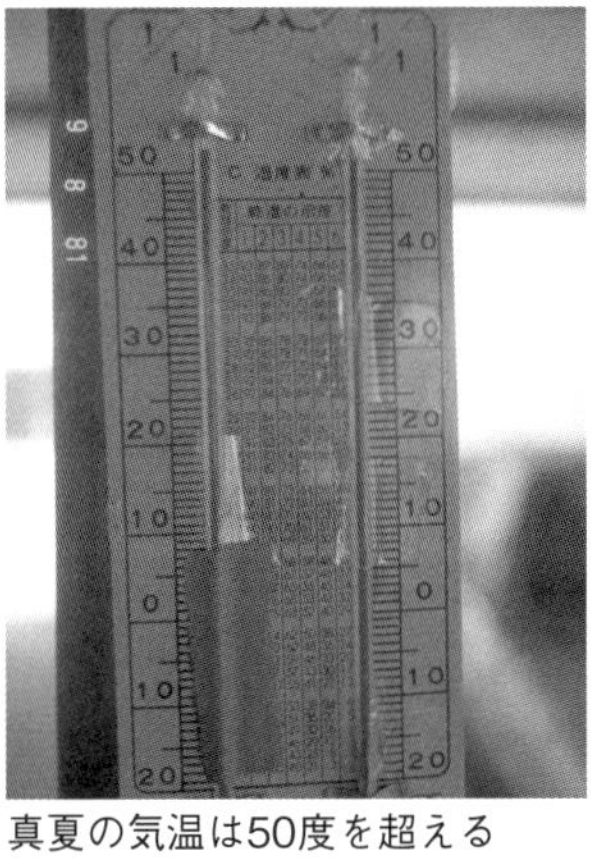

真夏の気温は50度を超える

涼しいわけだ。

現地の男性は皆鼻ひげを蓄えている。ひげがないのは子どもだけだ。だから我々日本人も子ども扱いされないように鼻ひげを伸ばした人が多かった。私も伸ばした。私はあごひげまで伸ばしたから、オフィスボーイからなぜヨーロピアンみたいにするのかと不思議がられた。あごひげまで伸ばすのはヨーロッパ人風だったのだ。

日本の評判

私は何人もの現地人から日本はすごいという評判を聞いた。オフィスボーイのインド人、パキスタン人だけではない。彼らは我々に雇われているからお追従かなとも思ったが、ピックアップトラックの運転手のアラブ人からもよく聞いた。

皆こう言うのだ。「日本は急速に近代化して欧米に対抗した。あの巨大なアメリカとも戦争をした。アメリカは卑怯にも原爆なんか落としたが、それでも日本は立ち上がって現在はものすごい発展をした。ここでは車も電気製品も日本製だらけだ。日本人はすごい」と。彼らは庶民で、インテリではないのに日本の歴史をよく知っていた。私はK国に来て日本の歴史を聞くとは思ってもみなかった。開発途上にある中東諸国は日本を近代化の手本にしているらしい。このように中東では日本人は尊敬されているようだった。

会社で雇っている運転手はアラブ人で、ヨルダン人、パレスチナ人、シリア人などがいた。アラブ人はアラビア半島を中心に広範に住んでいる民族だ。いろいろな国があり、ヨルダン、シリア、サウジアラビアなどアラブ諸国を構成している。Ｋ国もその一つだ。運転手たちは皆近隣諸国から出稼ぎに来ている。彼らは皆言葉が通じるようだ。同じアラブ語で各国の違いは方言のようで、言葉づかいで何処出身かわかるらしい。私が部長の代わりをするようになってからはハイヤーの運転手が付いた。シリア人だった。仲良くなって自宅に招待もされた。やはり日本人を尊敬していた。今はどうしているだろうか。

ハイヤーで移動中は暇なのでカーステレオをよく聴いていた。ラジオをつけると音楽は中東の音楽ばかりでどれも同じように聞こえる。私は日本から持って行ったカセットテープを聞いていた。自分で録音した歌謡曲やニューミュージックだ。JPOPとはまだ言わなかった。テープの最初の曲は松田聖子の「青い珊瑚礁」だった。澄み切った歌声が現地の青空とマッチした。ずいぶん気分転換になった。毎回ここから始まるのだが運転手は何も言わなかった。ソニーのウォークマンも持って行っていた。

アラブボイコット

Ｋ国では日本企業の進出を歓迎している一方、欧米企業の進出を一部制限していた。それはユダヤ系企業の進出の拒否だった。私はユダヤ系企業というものを初めて知った。ユダヤ人がオーナーの欧米の大企業がたくさんあるのだ。そう言われればそうだ。ユダヤ人のことは知っている。戦前はナチスドイツに迫害され、中東ではイスラエルを作った民族だ。戦後パレスチナ地方に無理矢理進出して、そこに住んでいたアラブ人を追い出して建国した。だからアラブ人共通の敵であった。

現地事務所にはK国に進出が拒否されている企業名のリストがあった。「アラブボイコット」という。ほとんどは忘れたが、一部覚えている。コカコーラ社とネスレ社（当時はネッスル）だった。だから現地ではコカコーラは売っておらず代わりにペプシコーラを買って飲んだ。ネスカフェも売っていない。だから現地事務所のインスタントコーヒーは他の会社だった。こんな状況だから欧米を敵視して日本に味方をしているらしい。欧米の植民地支配の恨みもあるようだ。

現地駐在の日本人

我々現場事務所の日本人はほとんどが長期出張だったが、何人かは現地駐在の人がいた。A社や我社の人ではなく、だいたいは関係会社の人たちだった。中には「私は中近東に来て20年です」という人や、奥さんが現地人という人もいた。フリーランスの人もいた。そういう人たちは完全に現地になじんでいた。私にはとてもそういう生活は出来ないなと思ったが、まわりからは私はなじむのが早いと思われたようだ。それが良かったのか悪かったのかはまた後で述べる。

下請け設計事務所はパキスタン人

下請けの設計事務所はパキスタン人が経営していた。パキスタン人のエンジニアを中心に全体では十数人の陣容で、K国では中堅事務所のようだった。そこで実際に図面を引いているのはエンジニアではなく、ドラフトマン（作図者）という人たちだった。エンジニアは指示をするだけで、ドラフトマンが図面を引いているのだ。私は初めて知った。日本では建築士が自分で図面を引いている。建築士はこちらではエンジニアだ。ここでも文化の差を知った。描き方も日本と違う。鉛筆で下書きをしたら、インクできれいに仕上げるのだ。日本では鉛筆のままで仕上げていた。こちらは専用のインクのペンで描くから手間暇がかかる。だから作図専用の人員がいるのだ。

この設計事務所の設計が遅れているから我々は催促に来ている。上司のエンジニアに言うだけでは足りないと思って製図室のドラフトマンたちの様子も見ていた。我々から見ているとマイペースでちんたらやっているように見える。しまいには我々が直接指示するようなこともしていた。これは本来禁じ手である。それだけ我々は追い詰められていたのだ。

日本と大きく違う点は、現地の設計事務所では施工図まで描いている点である。施工図というのは現場作業用の図面で、日本では設計事務所では描かない。工事会社が描くものである。ところが現地では、工事会社は施工図を描かない。設計事務所からもらった図面通り工事をするだけである。だから設計事務所では施工図まで描くのだ。これは英国式のやり方だ、日本の流儀とは違う。

これは我々には未知の体験であった。だから何を何処まで誰に指示すれば良いのかよくわかっていなかった。そんなことを知らずに我々はこの仕事を受注したのか？　そこまで私は知らされていなかった。専門的な話をすればもっといろいろあるのだが省略する。これは大変だと思った。

一方、パキスタン人のエンジニアと話をしていて面白いことに気がついた。時々「アチャー」という感嘆詞が入るのだ。これはどういう意味か聞いてわかった。どうも日本語の「あちゃー（あらまあ）」という感嘆詞と同じような意味らしい。これは偶然の一致だった。あと彼らが言っていたのは「Everything has name in Japan.（日本ではすべての物に名前が付いている。）」だ。なんでも固有名詞ばかりだから一般論が出来ず面倒だという意味らしい。

下請け建設会社はパレスチナ人

発電所の建設工事は現地の建設会社に発注していた。パレスチナ人というアラブ人の経営だった。この現場は外国企業の集まりだった。元請けは日本人、下請けの建築設計はパキスタン人、下請けの建設会社はパレスチナ人、さらに下の作業員はインド人やパキスタン人やその他のアラブ人という具合だ。そこに発注者であるK国政府の電水省の監督がやってくる。彼らはお雇い外国人エンジニアで、オーストラリア人やニュージーランド人だった。こんな多国籍の人々を全体管理するのは大変な作業だ。そんなスキルやノウハウが我々日本人にはなかった。

そう、初めての海外工事なので日本人にはまるで経験がなかったのだ。これが工事がすでに1年も遅れている主な原因だったのだ。我々はこんな仕事を受注したのか⁉　私は現地に行ってこれを初めて知った。これは大変だ。他にもいろいろあるのだが、それはここでは省略する。

その建設会社の工事内容がまた問題だった。私が来たばかりの頃は、現場に基礎の杭を打っていた。その杭が日本では見かけない形式のもので、こんなもので大丈夫か？　と思われた。つまり安物の粗悪品の杭を使っているのではないかという疑問だ。これが現地で一般的な杭だという。

それから建物の骨組みの柱や梁に使う鉄骨が問題だった。鉄骨をクレーンで運んでいるときのことだ。クレーンで持ち上げた鉄骨がふにゃふにゃとしなるのだ。そんな柔らかい鉄骨は見たことがない。これも大丈夫か？　粗悪品ではないのか？　ますます信用がなくなってきた。

この建設会社は安物の資材を使って建設費を安く上げようとしているのではないか？　請け負った建設費より安く上げればその分建設会

現場に搬入された鉄骨と私。この品質も大丈夫か。

現場の杭打ち機と私。この杭は日本とは異なって四角い、品質は大丈夫か。

社の利益が多くなる。建設会社にはこのような動機が存在する。だから設計者が建設会社の工事をチェックしなければならない。それを工事監理という。

日本ではさすがにこんな工事は聞いたことがない。たいていの建設会社は真面目に品質管理をやっている。日本では信用第一であるし、たいていが性善説に立って相手を信用して紳士的に仕事をやっている。

ところが、今度の現地会社は悪意の手抜き工事をやっているのか、それとも現地で入手できる資材はこの程度の品質のものしかないのか、これで精一杯やっているのかよくわからない。だから海外工事は性悪説に立って監理しなければならない。

英国は長らく植民地で建設工事をやってきた。未開発の国で工事をやると資材も人材も乏しい。信用できる会社もない。そのときの経験が生きているのだろう、性悪説に立ち、設計業務と建設工事業務をきちんと分離発注して、設計者が工事監理をする仕組みを作ってきた。その仕組みを日本でも導入して建築士制度を作ったのだ。

ただし注意してほしいのは、私はパレスチナ人が悪いと言っているのではない。今回たまたまパレスチナ人の会社だっただけである。海外ではむやみに相手を信用できないから、このように性悪説に立って物事を進めるしかないのだ。

放し飼いにされているラクダ

ところでパレスチナという国はない。昔はあったようだがイスラエルに占拠されて民族は離散した。だからパレスチナ人は近隣国に分散して住んでいる。皆パレスチナ人に同情的だ。K国にも住んでいる。我々には皆同じアラブ人に見えるが、よく見るとそれぞれ民族の違いがある。肌の色も顔つきも微妙に違う。パレスチナ人、ヨルダン人、シリア人などのアラブ人は洋服を着てわりと西洋的だ。インド人、パキスタン人も洋服を着て西洋的だ。それに比べK国のアラブ人は白装束の伝統衣装を着ている。その違いは近代化の早い遅いが関係しているようだ。早くから近代化している国々はやはり西洋的だった。K国の近代化は始まったばかりだった。

元は砂漠の遊牧民

K国は石油が発見されてから開発が始まった国だ。それまでは砂漠の寒村に過ぎなかった。元は砂漠の遊牧民ベドウィン族が中心だったようだ。ベドウィンはラクダで砂漠を移動して暮らしていた。羊やラクダを放し飼いにしている。だから住居はテントであった。近代化してからまちの住宅に住むようになったが、彼らにとってはやはり砂漠

羊を放し飼いにしている現地人。アラブ人はこうした遊牧民だった。

屋外のテントの前での宴会。現地人に招待された。右端は羊の丸焼き。

に張ったテントが正式な家で懐かしいらしい。だからお客を招いてもてなすのもテントを張って行う。我々も招待されたことがあるが、屋外にテントを張って中には立派な絨毯を敷いてある。そこで宴会が行われる。中心料理はやはり羊の丸焼きだ。大皿にのって出てくる。頭も目玉もそのままの姿である。日本で言えば鯛の尾頭付きだ。丸焼きの下には山盛りのご飯だ。羊の出汁のきいたピラフである。これは美味しい。

大事なお客、主賓には目玉を食べろ、脳みそを食べろと言ってくる。一番のごちそうらしいが、やはり不気味だ。私は下っ端だから目玉や脳みそは食べずにすんだ。羊の肉はしっかり下味が付いていて美味しい。イスラム教だからお酒のない宴会だった。

こちらでは四季がないのかと思っていたが、冬はちゃんと寒いし、まれに雨が降った。そして春になると砂漠に短い草が生えて花まで咲いたのにはびっくりした。砂の下に種が1年間残っていたのだ。草が生えると一面の砂漠が緑色に変わる。そうするとあちらこちらで無数のテントが張り出されてテント村が出来る。そして子どもたちが草原を走り回って遊んでいる。春を皆で喜んでいるのだ。日本で

テント村で遊ぶ子ども達。春の草原はうれしいのだ。

現地の造船所で。この木造船はダーウ船と言って、ペルシャ湾岸では伝統的なものだ。これで物資を運んだ。海のシルクロードだ。

言えば花見だった。

Ｋ国はペルシャ湾岸の港町でもあるから船も見ることが出来る。珍しいのは大昔からある木造船だ。それはダーウ船（ダウ船）という名前で、小さな貨物船というか商船だ。白い三角帆が特徴的で、今もペルシャ湾岸を航行して物資を運んでいる。その昔は海のシルクロードの重要な輸送手段だった。その造船所があるのだ。そこでは木材だけを組み合わせて船を作っている。

砂漠に草が生えると現地人はテント張って楽しむ。日本でいえばまるで花見だ。

Ｋ国での仕事の全体像と私の絶望

我々は発電所を作っている。石油を燃料にした火力発電所だ。ごく小規模な発電所なので1年くらいの工事で終わるはずだった。ところが遅れに遅れて2年経っても終わらない。その主な原因は建設工事全部をまるごと一括で引き受けたからだ。我社の親会社Ａ社が一式元請けをしたのだ。

この一式元請けというのを海外工事ではフルターンキープロジェクトという。ターンキーというのは車に鍵、キーを差し込んで回してエンジンを起動することを言う。フルターンキープロジェクトというのは今回の発電所工事でいえば、キーを回すだけで発電所が起動して発電を開始できるまでに建物から発電機まですべての工事をまとめて仕上げることをいう。それをA社が請け負ったのだが、初めての経験だった。

それはどういうことか少し説明する。

普通発電所の工事は建物の部分と発電機の部分とに分けて工事を行う。まず建設会社が建物を作り、その次に電機会社が発電機を据え付ける。だから建物は建設会社に発注され、発電機は電機会社に発注される。その二つは別々の会社に発注されて別々に工事が行われるのが普通だ。

ところが今回A社は建設会社でもないのに建物と発電機の両方をまるごと一括で引き受けてしまったのだ。だから建設工事の部分は現地の建設会社に下請けに出したのだ。日本の会社なら話が通じやすいが、全く日本語の通じない現地会社に下請けに出したから大変なことになった。しかもA社は建設工事の海外工事の経験はない。だから海外の建設会社を管理できない。この場合は監理ではなく管理だ。直接コントロールすることだ。

だから受注してから慌てて建設関係者を内外からかき集めて建設工事をなんとか管理しようとしたのだが無理があった。いわゆる泥縄である。建設工事というのは段取り八分といって、80%が準備で20%が実際の工事である。その段取りが全く出来ていないのに工事に突入してしまったのだ。

これが全部日本人なら徹夜でもなんとかするところだが、相手は全部外国人である。言葉も文化もまるで違うからなんともならなかった。今から思えば全くの徒労だった。

我社はA社の子会社であるから引っ張り出されたのだが、設計会社であって建設会社ではないから建設工事は管理できない。この場合は監理ではなく管理の方である。工事そのものを管理することである。これも無理があった。

A社は建築設計も現地会社に下請けに出していた。その建築設計が遅れているから建設工事に入ることが出来ない。だから建築設計事務所である我社が引き受けて現地設計事務所を管理しようとしたのだが、これまで述べたようになんともならなかった。

それでとうとう現地設計事務所から仕事を取り上げて、我社の日本人が自ら設計図を引くことにしたのだ。後になって日本から何人もの設計者を送り込んで現地で設計を始めたのだ。これは前述した韓国の建設工事のやり方と同じだ。最初からこうした方が早かったがすべて後知恵である。

私はこの状況に絶望を感じた。このままではいつ終わるかわからない工事に何年付き合わされるかわからない。また海外工事に携われば携わるほど海外工事の専門家になってしまう。

私は入社して2年生でK国に来た。K国で1年経つので3年生になる。このままここにいると日本での経験より海外での経験が長くなる。ますます海外要員となってしまう。私は中近東に来て20年になりますという人の顔を思い浮かべた。ああ自分には無理だ。

K国から家族に送った手紙の封筒（1981年7月19日）

1.

アッサラーム・アレイコム。

みなさん元気ですか？　こちらも、風邪をひいたくらいで毎日元気でやっています。

こちらは、7月2日からラマダンといって断食の月に入りました。約1ヶ月間、日の出から日の入りまで、いっさいの水や食物、煙草まで口にしてはいけないのです。POLICEに見つかると、100KD（約93円）の罰金か1ヶ月の禁固刑だそうですが、やはり人間ってのはどこへ行っても同じで、公衆の面前以外では、よほど敬虔なムスリム（イスラム教徒）でないかぎり、飲み食いしているようです。

SITE OFFICEの勤務時間は6:00AM～1:00PMになり、かつての7:00AM～5:00PM（実は8:00, 9:00PM）に比べずいぶんと楽になりました。こう急に楽になると、かえって落ちつかないようで、やはりワーカ・ホリック（仕事中毒）になっていたようです。

断食といっても、日中だけですから、日の暮れる7時頃から、日中閉まっていた商店が開き始め、昼間眠っていた人々がくり出して来て、町はまるでお祭り騒ぎになります。真夜中でも町はこうこうと明りがつき、車があふれ、一家そろって食事や、ショッピングを楽しむ姿でいっぱいです。どうもこの騒ぎは午前3時頃まで続き、午前4時頃からようやく人々は眠りにつくようです。

2.

断食ったって、結局、何ということはない、昼と夜が逆転しているだけなのです。やはり、一種のお祭りと考えた方が我々には理解しやすいようですね。

まあ、ラマダンというのはこんな状態ですから、日中は全然仕事にならず1ヶ月前までの大騒ぎがうそみたいです。

5月24日に6台のガスタービン発電機のうち、1台の発電に成功し、次々と全6台の運転を開始し、現在試験運転中です。その間、5月末発電が至上命令であったため、工建工事は完全に取り残され、建屋はその工事の半分以上が残ってしまい、現場は、裸の鉄骨がむき出しのまま見るも無残な姿です。

機械屋、電気屋さんにじゅうりんされた現場は、PIPE、CABLE、DUCT類が縦横無尽に走りまわり、これらをよけながら、建屋の屋根・壁を貼り、内装を仕上げてゆくのは至難の技で、我々は途方にくれとります。少しづつ、少しづつやってゆくしかないのですが、レンガかブロックくらいしか積めない連中にこんな複雑で細かい作業をやらせたら本年に何年もかかるでしょう。

一時、総勢15人もいた[redacted]建設設計（HAE）のチームも今やたった5人となり、7/20には2人帰国して、私を入れて3人となるさびしさです。

しかし、残工事をやってゆく上で、設計作業

2

を続けざるを得ず。誰かが、来年4〜5月頃まで残らねばならないのです。来年4〜5月までには工事を終わらせると[redacted]側が言っていますが、工事のシロウトだけにあやしいものです。

私は一応9月上旬には帰国して、10月11日の一級建築士試験を受験できるのですが、このあと、またK[redacted]へ来ざるを得ないと思われます。来年の正月もK[redacted]でしょう。

とにかく、この仕事で、最もこちらに順応しているのが私ですから、実質上私はなくてはならない存在なのです。うぬぼれではありません。他にロクな人がいないのです。なにしろ、今のHAEチームで私以上に英語ができる人がいないものですから。

顧客であるK[redacted]電水省の工事担当者と、技術的な設計上の交渉、打ち合わせ、ができるのは今のところ、私だけなのです。なさけない。

私など、とても英語ができるとは思ってもいませんでしたし、今も、ロクに話せません。カタコト英語です。しかし、[redacted]全体でみても、英語のできる人は少なく、我々のこちらの人間（雇われ外人の役人、エジプト人、欧米人等）との確執は、サトウ・サンペイの「スマートな日本人」よりもマンガ的で、深田祐介の「新西洋事情」よりも示唆に富んでいます。英語が単に話せる以前の、姿勢、それは、異なる人間と意志を通じ相わせようとする努力の問題だと思うのです。

3

日本人ばかり。かたまって「日本じゃこんなことはしない。」などと、ギャアギャアさわいでいるだけで、一向に彼らと話し合おうとしないのです。

この工事のこのような大騒ぎの原因の1つが日本の文化とアラブ、欧米の文化の違い、すなわち、日本流のやり方をこちらでやらせようとしたが、アラブ文化アラブのやり方には全然受け入れられなかった、ということでしょう。

帰りは、一応2週間くらいヨーロッパをまわって帰ろうと思っています。今度は前回行けなかった北欧でも行こうかと考えています。うちの会社では、まだ公然と休暇は認められておりませんが、良い前例になればと思っているのです。

また、7月30日〜8月3日まで4泊5日の間はこちらの祝祭日なので、ギリシア→ブルガリアへ行くことを計画しています。ブルガリアは社会主義国ですが、観光客を広く受け入れており、すでにこちらの大使館でVISAを取得しました。ただ、飛行機が取れないので、アテネから汽車で、ブルガリア入りすることを考えています。ブルガリアは農業国ですから、食べ物やワインもおいしそうですし、黒海沿岸では、リゾート地があり、そこで海水浴でもしようかと考えていますが……。

7.

こちらの食べ物の話し。

例の丸いペッタンコのパンは、中近東近辺一帯の共通のスタイルのようです。最も古いパンの形式じゃないかなと思います。聖書に出てくるパンもたぶんこの形では？

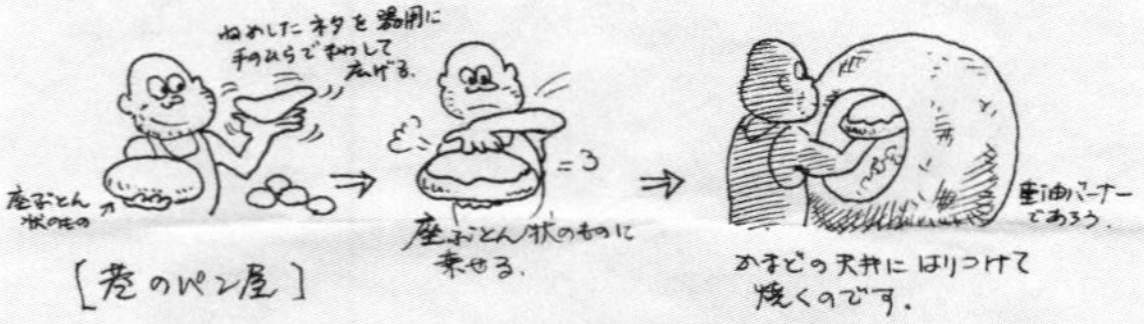

［老のパン屋］

ちょっと塩味が強く、しおい?のですが、かみしめるとけっこうおいしいのです。

写真でくるんで食べていたのは、
チキンティッカといってとりの丸焼き。店の前でてり焼きにしているのです。このパンをかぶせるのは、焼肉料理シシカバ（羊のくし焼き）でも同じで、どうやら断熱材の役目を（料理がさめないように）果しているようです。また、こちらは素手で食べるので、手についた油がパンを食べるときれいに取れてしまうのです。
また、皿に残ったものはこのパンでこすって食べるのです。
たいへん機能的なパンです。

［ナッツ類］　アーモンド、ピーナッツ、カシューナッツ、ヘーゼルナッツと、ほとんどあらゆるナッツ類がそろっており、老ではかり売りをしています。内でも、いちばんおいしいのが、イラン・かイラクでしか(?)

0.

宣子のHawaiiからの絵ハガキは7月15日頃受け取りました。たいへんいい経験になったろうと思います。宣子は天下の大商社のOLですから、これからも、行こうと思えばいつでも、どこでも行けるのですから、今の機会に、いろんな所へ行ってみるのがいいでしょう。


お父さんもお母さんも早いうちに海外旅行でも行ったらいいのに。今のうちですぞ。

それから家を建てる話はどうなっているのですか？

建てる時はぜひ、私に設計させて下さい。


（ここで日が替わって翌日）

ブルガリア行きの飛行機の切符がとれそうにありません。

なにしろ、[redacted]からだと、ブルガリアは安くて、近い最もヨーロッパ的な手頃な国なので、[redacted]（[redacted]）他に人気があり、今のところ、予定日前後は満席なのです。そういえば、先日ブルガリア大使館へ行った時、オバQスタイルの[redacted]がいっぱいVISAを取りに来ていた《どおりで》わけです。ちょうど今頃[redacted]では避暑にヨーロッパへ出かける人々が多く、なかなか、ヨーロッパ行きの切符がとれません。とれるなら、ローマ、（アテネ《がみたい》）ユーゴスラビアのベオグラード、最悪の場合キプロス等を考えております。イスタンブールは満席なのです。

とにかく、こんな国から早く出たい!!　[redacted]ですら逃げ出しているのだ。

V

とれないと言われる ピスタッチョ．です。

一見ぎんなん風．
日本でも酒のつまみに
あります．

1kg 1000円以上もします。

次に最もポピュラーなのが かぼちゃのたね．です．

1kg 500円以下 安い!

こちらのみなさんが最もよく
食べているナッツです。
中国物産屋でよく売っていたやつ．

歯だけできれいに割って舌で実を出す
こちらの人は早い!! リス並み．

［トルキッシュ．コーヒー］

深煎りのアラビアコーヒー豆に 独特の香料を入れ
粉にひき~~たものを~~．砂糖といっしょに煮立てたものを
こさないで．そのまま飲むのですが，最初は舌に
ザラリ．ドロリのウェー にがい．という感じ．しかし．
慣れるとおいしく．やみつきになり．しばらく．VILLAで
豆を買って来て入れて飲んでいました。
（こんなことをするのは私ぐらいのものです）．

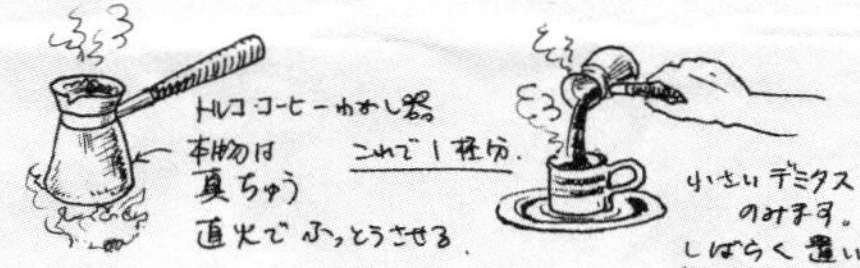

小さいデミタスカップで
のみます。
しばらく置いて
粉が沈殿するのを待って
から飲みます。

なぜか．アラビック・コーヒーと言わず．トルキッシュ コーヒーと言うのです。

へ

こちらでは．このコーヒーが一般に飲まれています。

こちらでは 豆にしても．パンにしても．部屋に出して
おくと．からからに乾燥してしまい．保存．防湿の缶など
必要ありません．洗濯物は1晩で乾き．ふとんを
干す必要がないのです。
汗かきの私にとって．慣れるとけっこう調子がよく．
鼻水もあまり出ません。

また長くなってしまいましたが．
帰国の日が決まりしだい連絡しますので．
それではまた．
マッサラーマ．

19 / V / 1981
19日，7，1981.

熱砂のK[redacted]より
健一

私は今では部長がやっていた管理仕事をやるようになっている。部長になぜ私を採ったんですかと聞いてみた。英語の成績が良かったからとあっさり言われた。やはりそうだったのか。これはだめだ、海外の仕事を期待されている。

現地の宿舎の話だが、我々プロジェクトの日本人は住宅を1軒借り上げて共同で住んでいた。寝室が何部屋もあるような3階建ての大きな住宅だった。大勢が入っているので相部屋で、一部屋に2、3人が寝起きしていた。私の部屋は部長と課長と私の3人一緒だった。だから寝るときも気を遣って気が休まるときはなかった。最初食事は現地人が作っていたが、日本人が増えるにつれて日本食の要望が強くなり、最後は日本人の料理人を連れてきた。週1日日曜は休日だったが、やることはないので仕事をする人が多かった。日本人は本当に働き蜂だ。

コンサルティングエンジニアの仕事

海外工事で特に勉強になったことがある。それは英国式の仕事のやり方だ。日本と違って海外、特に途上国では資材も人材も乏しい。そんな中で建設工事を成功させるためにはそれなりの仕事のやり方があったことを知った。英国の場合は現地の乏しい資材や人材を使って完成させる方法だ。

欧米には海外工事を指導するコンサルティング会社がある。開発途上国の政府では建設工事の発注から実施までの仕事の経験がないので、一から指導してくれるコンサルタントが必要になる。例えば発電所を作りたいなら、どこにどんな規模のどんな方式の発電所を作ったら良いかをコンサルタントに指導してもらう。それで発電所の内容が決まったら、その建設工事をどこのどんな企業に任せたら良いかを指導してもらう。この場合コンサルティング会社は建設工事までは引き受けない。建設会社はまた別に雇う。

ここで日本人はそんなコンサルティング会社に頼むのではなく、最初から建設会社にまるごと頼めば良いじゃないかと思う。確かに欧米では発電所の企画から建設までまるごと引き受ける会社もある。しかしそれでは規模や金額が無用に膨らんでしまう可能性がある。建設会社としてはその方が儲かるからだ。

発注者である政府は規模も金額も節約したいから、まるごと建設会社に任せるわけには行かない。そこでコンサル会社にコンサル料を支払ったとしても、巨額な建設費の方が抑えられれば安いものだ。だからコンサルティング会社が成立するのだ。

コンサル会社の具体的な仕事の内容はこうだ。まず発電所の需要を調査して、どこにどんな規模のどんな方式の発電所を作ったら良いかの企画を作る。そして建設会社を選ぶ支援をする。良いものを安く作る建設会社を選ばなければならない。そのためには入札という方法をとる。この企画に対していくらの金額でいつまでに作れるかを建設会社に入札させるのだ。そこで入札してきた各建設会社を審査してどの会社に発注すれば良いかを政府に進言する。それで受注した建設会社の方を今度は監督するのだ。こういう仕事をする人をコンサルティングエンジニアと呼んでいた。

こういう商売の仕組み（ビジネスモデル）があると知ったことが勉強になった。このビジネスモデルが私の習い性となり、今後の仕事のやり方の基本となった。

神様とも契約する契約社会

中東はイスラム教だから契約社会だ。イスラム教はユダヤ教やキリスト教とも旧約聖書を共有している。そこには神様との契約という思想がある。神様の言いつけ（十戒等）を守るから神様は自分たちを守ってくれるという取引の契約だ。そして欧米はキリスト教だから同じ契約思想を受け継いでいる。だから中東も欧米も契約社会だ。分厚い契約書を作る。そこには何を約束したのかを事細かに書いている。それを逐一参照して仕事をする。

この辺が日本人にはなじみがない世界だ。日本人には神様と契約するというような恐れ多い発想はない。契約の裏には取引するという思想があると思う。互いに対等で一対一の取引だ。何をするからその代償に何をしてくれる、という発想だ。日本人の仕事ではそんな契約書はあまり作らない。互いに信義を尽くし、細かいことは後から出たそのときに話し合いで決めるのだ。信義則という。この点が欧米中東と全く違う。

今回の発電所工事の契約も欧米流の分厚い契約書を作っている。そのファイルの厚さを合計すると何メートルにもなる。今回の工事のトラブルを見るにつけ日本人は本当にこの契約書を逐一確認したんだろうかと私は疑問に思った。こんな分厚い契約をしても信義則の通じない相手には手を焼くことになった。そこには言わなくてもわかるだろうといった以心伝心や忖度というような日本的な発想はほとんど通じない世界だった。

契約書と同時に作る技術仕様書もあるが、それも本当に事細かなものだった。日本では図面1枚で済むところを図面以外に事細かな仕様書を何枚も作る。例えば日本であれば、ここをペンキ塗りで仕上げると一言で書いてあるところを、こちらではペンキを5回繰り返して塗れとか事細かい指示まで長い文章で付いている。なるほど、こちらの現場では、業者がペンキを節約するためにシンナーでたくさん薄めて塗っているのを見た。それでは薄い塗膜になりすぐにハゲたり下の鉄がさびたりする。日本ではこんなのは見たことがない。やはりこちらでは5回塗れと指示しなければならないのだった。ここまで相手を信用しないのか。分厚い契約書と仕様書がいるわけだった。

このように分厚い契約書と仕様書を作って作業を事細かに明示するという習慣は大変勉強になった。とかく曖昧な日本人には学ぶことが多いと思う。日本人が建築を依頼するとこんな細かい指示はしない。要は任せるからお客の気持ちをおもんぱかって、意を汲んで良いものを作ってくれという曖昧な依頼だけだ。信義則の極地だ。

この彼我の違いも私の今後の仕事に大きく影響した点だ。

一時帰国から退社へ

昭和56年（1981）8月27日、K国で27歳を迎えた私は1年ぶりの休暇をもらい一時帰国をした。2週間休暇をくれと言ったが、前例がないので1週間となった。その休暇を利用してヨーロッパを回って観光して帰国することにした。オープンチケットなので日本まではどの経路を通っても追加料金はかからなかったからだ。

　空港を発つとき私は涙が出た。もう帰ってくることはないだろうと思ったからだ。その頃私はもうこの会社を辞める気になっていた。これ以上K国にいても学ぶことはない、このままいるとこの先何年中東暮らしになるかわからないと。

　ヨーロッパ観光はK国から飛行機でミュンヘン、ウィーン、ブリュッセル、アムステルダム、オスロと回った。有名な建築を見て回ったが、今回特に行ってみたかったのは北欧の国ノルウェーのフィヨルドの氷河だった。オスロから飛行機でベルゲンに行き、そこから列車とバスと船を乗り継いでフロム氷河へ行った。氷河の作ったU字谷はスケールが大きかった。

Ⅲ　都市計画編　「都市計画事務所への転職」

友人Sの紹介でB研究所へ

昭和56年（1981）9月、日本に帰ってきた私は会社を辞める決心がついていた。しかし転職先のあては全くなかった。このままA設計に留まっていると、短期休暇で帰国しているのでまたすぐにK国に戻らなければならない。転職先を探してぐずぐずしている時間はない。一方会社を辞めてから就職先を探すのは、履歴書に空白期間が出来て不利だから避ける必要があった。

そこで岡山市役所に就職している友人Sに相談した。彼は仕事柄建築業界に顔が広い。市役所は建築設計事務所を監督する立場であるし、出入りする業界・業者も多いからである。

またこの短い帰国期間に、一級建築士の国家試験を受けた。一級建築士の受験資格には、大卒の場合4年間の実務経験が条件になっている。大学院の2年間も実務に含まれるからA設計の2年間で条件が整っていた。それで無事合格し、転職に有利な資格を獲得することが出来た。

もう建築設計事務所へは行かない

ところが私は、建築設計事務所への転職はもう嫌になっていた。その理由は以下の通りである。

A設計では設計図を引くような実務経験を積むことは出来ず、現場監理や仕事の管理のような経験ばかりで、設計の仕事はやらせてもらえなかった。いわゆるプロジェクトマネジメントの仕事をやらされたのである。せっかく設計事務所に就職したのに図面を引かせてもらえなかった。そのせいで設計図を引くような細かい作業への興味は薄れてしまっていた。建築図面のようなミクロな建物単体の仕事よりも、建物の立つ地域や町全体を見渡すような、マクロに仕事全体を見るような仕事に興味が移っていた。それに、大学院で都市計画を専攻したのもある。

その上設計事務所に転職しても、製図経験がないのですぐに図面を引くことが出来ない。設計事務所への転職は不利であったこともある。

一方、友人Sも市役所で町全体を見るような仕事をしていて、建物単体の仕事に興味を失っていたのもあった。それで市役所に出入りしている都市計画コンサルタントの会社を教えてくれた。

都市計画コンサルタントとは

都市計画コンサルタントというのは市役所等の行政に対して都市計画をアドバイスする会社である。市役所はその町の都市計画を作るのも仕事である。どんなことをやっているかといえば、その町のどの地域を住宅地にするのか、またどの地域を商業地域や業務地域にするのか、またどこにどんな道路を通すのかというような都市計画を立てて、町を規制・誘導して開発しているのだ。そのような都市計画を市役所は作っているのだが、少ない職員では限界があって、その仕事の一部を外部の会社に依頼（委託）しているのだ。その会社の一つが都市計画コンサルタントである。超大手ではシンクタンクの三菱総合研究所や野村総合研究所などがあった。

腰掛けになっても良いから入社する

友人Sが紹介してくれたのは東京のB研究所という都市計画コンサルタントの会社だった。そこは新しい会社で、規模は数十人だがこの業界では中堅どころであった。従業員は大学の建築学科卒や院卒が多く、若い社員が多いので、大学のゼミのような雰囲気でなじみやすい感じだった。私には他に選択肢はないので、例え腰掛けになったとしても良いから行くことにした。まだ将来のビジョンも描けていなかったが、その会社にいればK国に飛ばされるようなことはないので、将来をじっくり考えることが出来ると思ったからである。

それで昭和56年（1981）の11月1日に27歳で入社した。

B研究所の仕事

B研究所の仕事は都市計画のコンサルティングであるから、市役所等の全国の自治体の委託を受けてその町の都市計画を作ることであった。

最初に担当したのは中国地方のI市の区画整理の計画作りだった。区画整理というのは土地区画整理事業といって、道路を規則正しく通して街区を整理し、整然としたまち並みにする工事のことをいう。今回はＩ市の駅前だが、まだ田んぼや畑がある未整備の地域を整然とした街区に区画整理する計画作りだった。概念はわかるが、具体的には何から手をつけてよいかわからない。何しろ初めての仕事なので何もかも上司に教わりながらやるしかなかった。

まずはその駅前地区の将来構想を描くことから始める。将来はビルが建ち並ぶような都市化の構想を描くのだ。その将来像に合わせて、どのように広い街路を通しておけばよいのかを考えてゆく。そうして街区を計画してゆくのだ。

このように都市計画というのはその町の将来像を描いてから、それを目指して道路や街区や建物の配置を計画してゆく仕事なのだ。この仕事のやり方が、その後の私の仕事の基本パターンになっていった。

作文能力をつける

都市計画のアウトプット（成果物すなわち計画書）は、最終的には図面なのだが、その前に将来構想を記述した作文が必要になる。文章で、その町の将来像と必要になる計画を記述するのだ。その文章と図面とを合わせて計画書を作り上げるのが具体的な仕事なのだ。何十ページから何百ページの計画書になる。それだけの作文能力が必要になる。私は建築士だから図面を描く教育は受けている。しかし作文の教育は受けていない。だから最初は大変だった。書き出しや、最初の一文から書けないで行き詰まってしまった。そういえば、大学の卒論や修論を書くのは大変だった。とにかく先輩の計画書を真似して書くしかなかった。そうやって書き方を覚えていったのだ。この作文能力も私の今後のスキル（仕事能力）になっていった。

腹膜炎で入院手術

B研究所では毎晩遅くまで残業していた。この業界も仕事の締め切りがあるので残業と徹夜は日常茶飯事だった。そして転職と同時に前の会社の独身寮を出て、アパート暮らしを始めていたので帰っても食事はなかった。食事はほとんど外食になった。それに、K国での1年で疲労が蓄積していた。帰国早々の急な転職で体に無理が来ていた。

そんなある夜、腹痛が始まった。アパートで寝ていたのだが痛みがひどい。病院も開いていないので、仕方なく自分で救急車を呼んだ。何軒かの病院に断られて運び込まれたのは、府中市の中規模病院だった。

昭和57年（1982）の春だった。当時、東京で夜中に救急車を呼ぶと、たらい回しにされて手遅れになると聞いていたからあせった。まさにそういう目にあったのだ。

そこですぐ原因がわからず一晩寝かされて痛みに七転八倒した。翌日やっと外科の医者が診てくれて、盲腸だと診断した。だがすでに手遅れで虫垂は破裂し腹膜炎になっていた。緊急手術になった。膿がお腹中にまわっていて1回の手術では治らず2回も手術をすることになった。

それで2ヶ月も入院することになったので、看病や身の回りの世話をする人が必要になった。それはどういうことかというと、当時の病院は完全看護ではなく、入院した場合は身の回りの世話をする付添婦《つきそいふ》が必要だったのだ。入院病棟には付添婦が大勢いた。岡山から母と妹が来てくれたが、実家は商店だったのですぐ帰らねばならず、内藤さんという付添婦に頼んで帰って行った。心細い私は内藤さんに心底頼った。内藤さんはほんとうによくしてくださった。

だが2回目の手術でも完治せず、結局岡山に帰って3回目の手術をすることになった。それでやっと完治して、はじめから数えて3ヶ月経ってやっと東京に帰ることが出来た。人生1回目の大病をした。入院期間中は本当に不安だった。治ってほっとした。

リゾート開発の仕事

風車村の計画

B研究所に復帰して地方自治体の都市計画の仕事をまた始めた。その中であるとき民間企業の仕事が回ってきた。ある地方の地域計画作りだった。

我々の仕事は普通、お客が公共団体いわゆる役所がほとんどなので、民間企業からの依頼は珍しかった。都市計画にしろ、地方計画にしろ、それらは普通役所が作るものだ。それを民間企業が依頼してきたのだ。

それは建設会社で、準大手ゼネコンだった。ゼネコンというのは「General Contractor（総合請負会社すなわち総合建設会社）」の略称である。ゼネコンは普通建設工事をするのが生業だ。工事が主体の会社なのに珍しく地域計画作りを頼んできたのだ。私には初めての経験だった。

その地域計画というのは鹿児島県のある地方の観光開発計画だった。過疎の海辺の町の振興を図って、そこを観光開発して人を呼び込めないかという計画作りだった。少子高齢化が始まっていたその町にとっては希望の計画だった。

またゼネコンにとっては、地方の開発工事の受注を狙っての営業活動の一環だった。まだその頃はバブル時代の地域開発ブームが始まる前だったが、今から思えばいわばその先駆けだった。

その地域開発計画を私が考えて作ったのだ。昭和59年（1984）のことだ。その内容はこうだ。その町は海辺の小さな半島と入り江からなる地形で、その景観がかわいく美しかった。その地形を利用して、半島の丘陵から入り江を見下ろすリゾート地を計画した。

当時はまだリゾートという言葉は使われておらず、保養地とか別荘地などと言っていた。別荘だけではなく、観光地だから宿泊施設や土産物屋やかわいいブティックも作る。それらの建築群を皆同じデザインにして景観を統一したのだ。赤い瓦の寄せ棟の屋根で、白い壁のコテージ（田舎のこぎれいな家）を並べていったのだ。そして丘の上には風車小屋をシンボルとして置いた。その村の名前も「風車村」とした。今で言うところのかわいいまち並みを作って若い女の子が集まる観光地を計画したのだ。

モデルはミコノス島と沖縄

当時1980年前後、アンノン族といって、若い女性たちが地方のこぎれいな観光地に出かけて行くのがはやっていた。女性ファッション誌の「an・an」と「non・no」の二つが売れていて、それらに地方の観光地の特集が載るのだ。そうするとその雑誌を片手に女性観光客がそこに集まった。彼女らをアンノン族と呼んでいた。私の計画はそういう人たちが集まることを狙っていた。

私がそういうアイディアを思いついたのには、大学院で都市景観（異人館街など美しいまち並み）を研究したからと、モデルになる場所があったのだ。それはギリシャのミコノス島だった。私はK国にいた昭和56年（1981）にビザの更新のためにギリシャ旅行を

ギリシャのミコノス島（1981年）

してミコノス島まで行ったことがあるからだ。

ミコノス島は白い壁の建物群で統一されたまち並みで、青い海と白い壁のコントラストが美しい。そこではかわいい風車小屋がシンボルであった。そんな景観が売りものの一大観光地で、ヨーロッパ各地からバックパッカーなどの若者が大勢集まっていた。そこはギリシャのアテネから船で1泊はかかるエーゲ海の孤島で、大変不便なところなのだが、美しい景観だけで大勢の人を集めていた。景観だけで不便な田舎に人を集めるという点が私の計画のモデルになったのだ。

それから赤瓦の寄せ棟の屋根というのは、沖縄がモデルとなった。ミコノス島は木がなくはげ山だったが、鹿児島県のその町は緑豊かだった。沖縄の民家の赤瓦は木々の緑とのコントラストが美しいので参考になったのだ。そのイメージイラストを自分で描いてカラー印刷で報告書に掲載した。大変ビジュアルでインパクトがあった。

地域開発計画。風車村リゾートの計画(1984年)。私が描いたイメージイラスト。

車エビのおどり食いで歓迎

計画が出来上がると、ゼネコンと一緒にその町役場へ行って説明した。今で言うプレゼンテーションをしたのだ。当時はまだプレゼンテーションという言葉はなかった。

すると町長以下町役場の人たちは大変喜んだ。過疎の町がこんな若い人が集まる観光地になるのかと感動したようだった。

それでその夜は町役場主催の大歓迎会を開いてくれた。座敷に地元の魚介類を主体としたごちそうがたくさん並んだ。名物は車エビで、刺身から天ぷらまで車エビのフルコースのようだった。刺身の車エビはまだ生きていて手でむいて食べる。これがおどり食いか。こんな豪華な接待の宴会はまだ若造の私にとっては初めてのことだった。

そもそも、都市計画を作って役所から歓待されるというのは初めての経験だった。その上、私は個人的にそのゼネコンからも高く評価され、その後も仕事を依頼されることになった。

コンセプトを作って、イメージ図を描き、プレゼンテーションする。このとき、私の今後の仕事のパターンが出来上がった。

各種勉強会への参加

この観光開発計画をきっかけに、私は地域計画にレジャーとかリゾートという民間の発想を持ち込むということを学ぶようになった。これまでの都市計画や地域計画では役所的発想の限界で、商業地とか住宅地とかは設定してもそれ以上の具体的なアイディアはなかった。観光開発のような民間の発想は民間事例に学ぶしかなかった。

それで私は民間事例を学ぶために、レジャー産業等の資料を集め、新聞は日本経済新聞をとるようになり、その頃始まった民間の有料の業界セミナーや講演会などの勉強会に参加するようになった。このような勉強会は首都東京だから開催されていた。地方ではそんな機会はまずない。東京にいたからこそ最先端の勉強が出来たのだ。

そんな頃、昭和59年（１９８４）12月に個人的にサイパン旅行をした。この目でリゾート地を見てきたのだ。また、その前年の昭和58年（１９８３）に東京ディズニーランドが開業していた。レジャーやリゾートの時代がやってきたのだ。

そして先のゼネコンからの依頼で別のリゾート開発計画にも参加した。これがバブル時代の地域開発、リゾート開発、不動産開発ブームの始まりだった。

民間のリゾート開発計画

そのゼネコンからの依頼のリゾート開発の場所は千葉県だった。田舎のなだらかな丘陵地帯の山を切り開き、ゴルフ場やレジャー施設を作り、さらに別荘地を作るのだ。レジャー施設にはホテルもあり、テニスコート等のスポーツ施設も作る。いわゆる総合リゾート施設だ。

地形図にそのような計画図を描き計画書も作った。平らな土地ではなく高低差のある丘陵地帯にまちの絵を描くには、建築の知識だけではだめで、山を切り開く土木工事の知識が必須になる。

だから土木屋さんとの共同作業になった。ゼネコンの担当の人も土木の人たちだった。その土木屋さんからいろいろ教わった。ゴルフ場の設計も土木屋さんたちがやると知った。

それから事業採算計画も作った。巨額の建設工事費をどうやって回収するかを考えたのだ。それには支出だけではなく収入を考える。これが役所の都市計画との大きな違いだ。

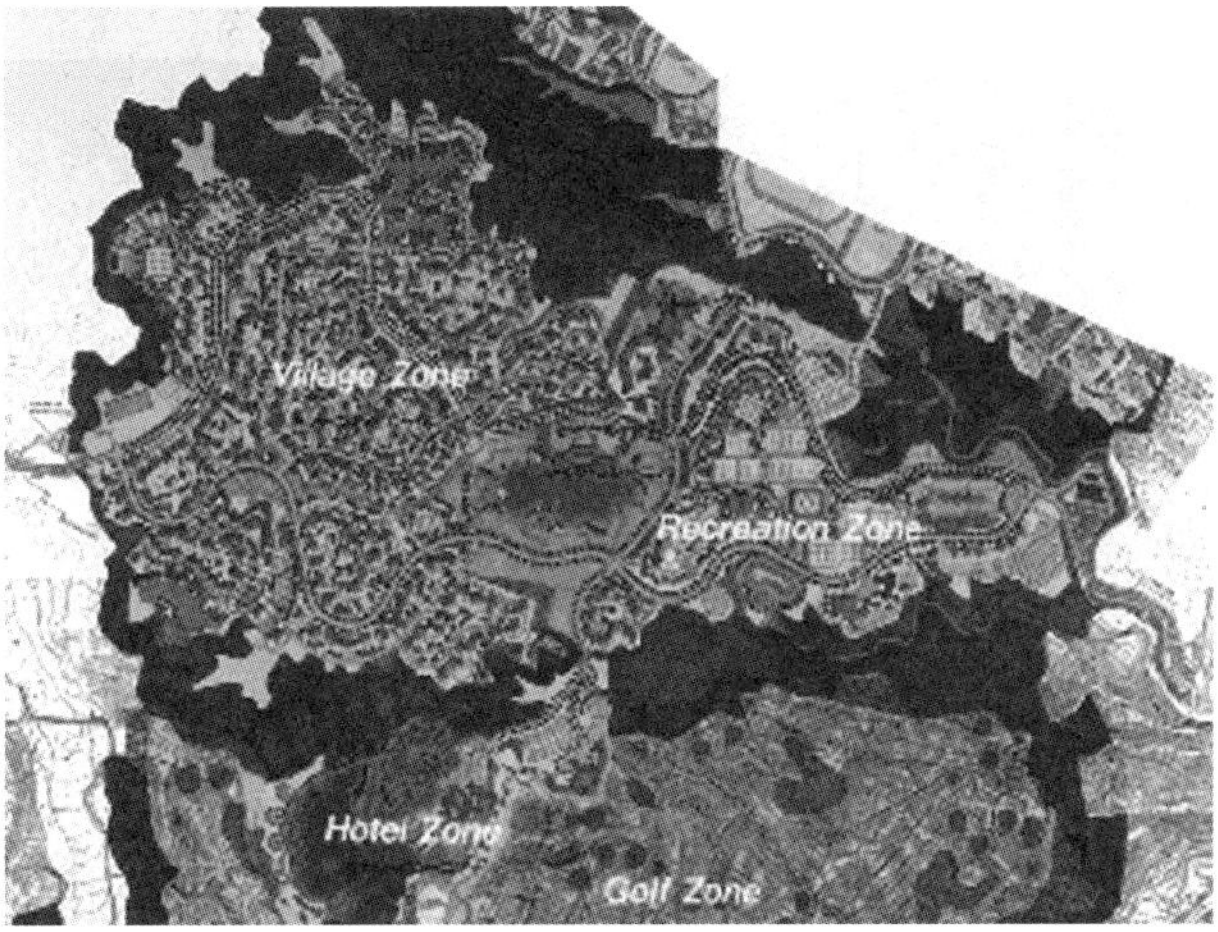

リゾート開発計画

役所の場合は工事費に税金を投入するだけだから、採算計画というのはほとんど考えない。どうやって費用を回収するかということは考えていないのだ。

それで今回の総合リゾート計画の場合、収入に当たるのは別荘地の販売額やゴルフ場の会員権の販売額などがある。また日々の収入として、ホテルの宿泊売上額やゴルフやスポーツ施設の利用売り上げなどがある。それを建設着工から開業後30年間くらいの収支採算計画にして報告書を作ったのだ。

そして建設資金や運転資金など借り入れを含む30年間の資金計画まで作った。初めての経験だったが、ゼネコンの人から教わりながら作ったのだ。

パソコンを使い始めた収支計画作り

これらのお金の計算を電卓だけでやるのは大変なので、当時出始めていたパソコンを使うことにした。私はそもそも数学や計算仕事は苦手で、コンピュータで計算することには興味がなかった。しかし必要に迫られたので使うことにしたのだ。

B研究所に入社した昭和57年（１９８２）当時は、オフィスにはまだパソコンは導入されていなかった。オフィスにあったのはまだワープロ専用機くらいで、会社に1台とかで共同利用だった。しかも使える人がほとんどいないので、ワープロオペレーターを別に雇っていて、手書きの原稿をワープロで清書してもらっていた。そういう時代だった。

まだパソコンという言葉はなく、会社では共同利用のオフィスコンピュータを使っていた時代だ。それで、個人で買えて使えるコンピュータということで、アップル社のApple IIが一部の人に話題になっていたくらいであった。

IBM-PCが発売されたのは昭和56年（１９８１）であったが、日本語表示に難があったので、翌年にＮＥＣから国産のPC-9800シリーズが発売された。それで日本にパソコンが普及し始めた。

私は事業採算計画を作るのにPC-9800と表計算ソフトを使うことにした。30年間の収支一覧表を作るのには大変便利であった。表計算ソフトはLotus 1-2-3だった。

その印刷にはまだドットインパクトプリンターを使い、その用紙は連続用紙で長々としたものだった。30年間の一覧表は何メートルもの長さになった。それを折りたたんで報告書に入れたものだ。コンピュータ屋ではない建築屋の私でもコンピュータを使い始めた。情報化の時代が始まったのだ。

カラオケブーム

Ｂ研究所には同世代の社員が女性も含めて大勢いたので、気が合って仕事の後はよく団体で一緒に遊んだ。ご飯を食べに行ったり、お酒を飲みに行ったり、週末には旅行にも行ったりもした。

会社は市ヶ谷だったので隣の麹町にあったカレー屋の「アジャンタ」が思い出される。昭和58年（１９８３）頃である。その頃ブームになり始めた本格的インドカレー店だった。ただし、唐辛子がまるごとゴロゴロいくつも入っていて激辛だった。私は全部食べられずに残してしまい、そのとき「なんだ！　これは」と皆の前で怒ったということが、後々まで語られた。

また当時登場したばかりのカラオケパブにも大勢でよく行った。飲み屋にレーザーディスクカラオケが置かれるようになった頃だ。それまでのカラオケは8トラックといって、大型のカセットテープだった。それは音だけで絵は出ないので、歌うときには歌詞カードを見ながら歌っていた。

それがレーザーディスクになると、テレビに映像が出て歌詞も表示されて、テレビを見ながら皆で歌えるようになったのだ。いろんな流行歌を歌ったが、ほろ酔い気分によく合ったムード歌謡が私は好きだった。

古くはフランク永井の「君恋し」から、1970年代の、内山田洋とクールファイブの「長崎は今日も雨だった」、私が神戸大学に行くきっかけになった「そして神戸」、「噂の女」。

それから皆でよく一緒に歌ったのは、敏いとうとハッピー&ブルーの「星降る街角」、「よせばいいのに」。ロス・インディオスのデュエットソング「別れても好きな人」などだった。

私は酒に弱いから、飲みに行く習慣はない。でもカラオケは楽しいので、飲みに行くのではなく歌いに行くのだった。当時カラオケはまだ飲み屋にしか置いてなかったからだ。

Ⅳ　情報会社編　「情報会社への転職」

B研究所に見切りをつける

役所の都市計画の地味な仕事に比べて、民間の仕事は刺激が多く、夢があって明るく楽しかった。役所の仕事より民間の仕事をやりたくなった。それに、このまま安月給の地味な仕事を続けたくはなかった。大企業と比べればここは中小企業なので給与水準は低かったからだ。要は役所の下請け仕事で慣れてくると単調だ。将来に夢がなく、このままでは残業ばかりで結婚もなかなか出来ない。当時は同級生たちがどんどん結婚していて、人の結婚式にばかり出ていた。

日経新聞を読んでいると、世の中はリゾート開発だの情報化時代だのと新しい動きで活気づいていた。そんな新しい仕事がしてみたかった。

情報社会の到来

特に、世は情報社会の到来と騒がれ始めていた。昭和55年（1980）にアルビン・トフラーが「第三の波」を書いて情報社会を予見した。CATVをはじめとするニューメディアブームも起きた。またＮＴＴ（当時はまだ電電公社）が電話・電信・データ通信を統合したINS（Information Network System：デジタル通信網）の実験を東京都三鷹市で昭和59（1984）に開始した。昭和60（198

5）のつくば科学万博ではそれらのニューメディアが展示されてブームになった。同じ昭和60年、通信の自由化により電電公社は民営化されてＮＴＴになった。
それで役所も情報化に躍起になり、行政による地域情報化の政策が活発化した。郵政省が昭和58年（1983）に地域情報化構想のテレトピア構想を打ち出し、さらに通産省が昭和59年にニューメディアコミュニティ構想を打ち出し、全国に指定地域を設定した。そんな頃である。

C総研へ転職

そんな中、昭和59年（1984）のある日の日経新聞の大きな広告で、「新会社設立で中途採用」の募集が目に付いた。情報社会を切り開く新会社が出来たのだ。それは大手商社と大手コンピュータ会社とベンチャー企業の3社が共同出資で作った会社だった。情報化時代の総合研究所：シンクタンクという意味もあって「C総研」という名が付いている。

大企業の子会社なら給与待遇も良いだろうし、新しいことが出来そうだし、情報化時代は大きな流れだし、なにしろ将来に大きな夢がある。これはチャンスだと、すぐに行きたくなって応募した。

面接でこれまでの経歴とくにシンクタンクの経験と新しい仕事への夢を語ったら合格した。それで昭和60年（1985）1月7日に30歳で入社した。

一流企業からの出向者からなる会社

C総研は昭和58年（1983）に大手企業2社とベンチャー企業の3社の共同出資で作られた。だから主要な社員や幹部は3社からの出向者だった。大手商社のD商事、大手コンピュータ会社のE社の一流企業の人たちだった。ベンチャー企業のF社も大手企業をスピンアウトした人たちだったからやはり一流企業の人たちだった。

会社は赤坂のツインタワービルにありおしゃれな場所だった。それで何か自分も一流ビジネスマンになった気分になった。

その一流企業からの出向者にいろいろ教わって大変勉強になった。とても刺激的な毎日だった。D商事出身のG課長からは一流商社マンのビジネスの話を聞いた。Gさんはその後私の人生に大きく影響する人になった。

またE社は米国の大手コンピュータ会社の日本法人だったので、そこからの出向者は米国流のシステムエンジニアで、最先端のシステムづくりの話を聞いた。

さらにF社からの出向者には、なんとNTTの研究者の人もいた。F社はNTTとも協力関係にあったからだ。このNTTのHさんから最先端の通信やネットワークの話を聞いた。このHさんも私の将来に大きな影響を与えた。私はこのGさんやHさんからかわいがられることになり、C総研で良い仕事に恵まれることになった。

C総研の仕事は情報化のコンサルティング

C総研は情報化のコンサルティングがメインのビジネスだったから、民間企業からの委託で情報化の計画作りを行った。情報化というのはその企業や地域でコンピュータや情報通信の利用度が高まることをいう。当時はまだこれからのことで、始まったばかりのことだった。

最初はある電力会社の依頼で、その地域の情報化計画を作った。地域の計画作りだから私の都市計画作りの経験が生きた。地域を調べて計画書や報告書を作るのは同じだったからだ。

一方、私の知らない情報技術や情報化の部分はE社やNTTのノウハウが生かされた。大変勉強になった。

米国インテリジェントビルの視察

情報関係の勉強は社外でも行った。社外で行われる各種勉強会にどんどん参加した。そんな中で、1984年に米国で登場したインテリジェントビルというのが話題になった。

インテリジェントビルというのは「情報化して頭が良くなったビル」という意味で、米国ではスマートビルと呼ばれていた。ビルの中にコンピュータや情報通信機器がたくさん装備された新しいコンセプトのビルである。

これは一級建築士の私にとっては自分の領域の建築が情報化した話であり、絶対避けて通れない外せないテーマである。是非勉強したいということで、自ら米国視察を願い出た。ちょうど建築業界が視察団を募っていたのもあった。有休を取って自腹を切ってでも行くつもりだった。HさんやGさんは賛成してくれた。

それで許可されて昭和60年（１９８５）６月に米国に視察に行った。ニューヨーク、シカゴ、ダラス、サンフランシスコと回っていくつかのスマートビルを見学した。

それらのビルでは、１階のロビーに入ると受付があるのだが、そこにはビル内のシステムを監視するモニター画面がずらりと並んでいて、監視員がいる。日本では受付には女性がいるだけで、監視員は地下室とか裏にいる。一方、ここでは監視員が前面に出てビル全体を監視していることを来訪者に見せている。つまりこのビルでは高度なシステムで管理された最新のビルだということを入り口でアピールしているのだ。

それらはオフィスビルで、自社ビルではなくてテナントビルであり、テナント募集の差別化のために最新設備を入れていた。その設備の3本柱はＯＡ（Office Automation）とＢＡ（Building Automation）とTelecom（Telecommunication）だった。

ＯＡというのは当時入り始めていたパソコンネットワークのことである。ＢＡというのはビルの水電気空調防火防犯等の建築設備のコンピュータによる自動管理システムのことである。Telecomというのは電話やデータ通信の設備である。

　これらの最新設備を複数のテナントで共有していることが特徴だった。特にＯＡとTelecomを共用（share）しているという点が新しかった。それらは、これまではテナントが独自に買って入れるものだったからだ。これらをＳＴＳ（Shared Tenant Service）と呼んでいた。つまりテナント募集の新サービスすなわち付加価値サービスだったのだ。

　その頃の日本のオフィステナントビルでは、1階ロビーに受付があれば良い方で、たいてはなくていきなりエレベーターに乗って各階の企業に行けたものだ。だから生命保険のおばちゃんや各種営業マン、はてはヤクルトのおばさんまで自由に出入りして、オフィスの中のデスクのそばにまでいきなりやってきたものだ。セキュリティも何もあったものではなかった。その点米国では当時からセキュリティはしっかりしていた。

　ちなみにわかりやすい例を挙げると、米国のスマ

LTVセンター　米国ダラス（1985）

同ロビーに設置されたビル総合監視ブース

ートビルが出てくる映画があった。昭和63年（１９８８）公開のブルース・ウィルス主演のアクション映画、「ダイ・ハード」だ。そこの舞台となったビルがそうだ。それを見るとスマートビルのイメージがよく分かる。

視察団は建築業界で、ビルオーナーと設計事務所やゼネコンやメーカーの人たちだった。彼らは新技術などのモノにばかり興味を持っていたようだった。そんな中で、情報サービス業の私は異色で、見るところが違った。ＳＴＳが新しいテナントサービスだという点に非常に興味を引かれた。

米国のスマートビルの中にはＳＴＳをする専門の会社が入っていて、常駐したサービス員がＯＡやTelecomの共用サービスだけではなく、会議室貸与や事務用品調達などの庶務サービスまで行っていたのだ。日本ではそんなものはなかった。米国のスマートビルはサービス業だったのだ。

その証拠に、後に日本で出来たインテリジェントビル達は、企業の自社ビルがほとんどで、テナント

同ロビーに設置されたビル案内の機能を持つビデオテックス

LTVセンターに入居してSTSを行うShareTech社（1985年筆者撮影）

ビルではなかった。それらは電機メーカーなどの本社ビルが多く、最新のモノを並べた自社の技術の宣伝広告塔の役割が多かった。日本ではＳＴＳという概念はなじまなかったのだ。

その理由は日米の風土文化の違いとも言える。日本のオフィステナントビルはテナント募集のためには立地が1番で、駅前とかオフィス街とかが尊ばれた。２番目はビルの大きさや豪華さを競っていて、テナントサービスなどの付加価値サービスをするという発想はそこにはなかった。

一方米国では土地が広く車社会だからビルの駅前立地というのはない。立地はあまり関係がないのだ。それで差別化のためにビルに付加価値サービスをつけるという発想が生まれたようだ。詳しくは私の論文「施設の情報化の事例研究その1―駅前再開発ビルに見る情報化―」(山陽学園短期大学紀要第39巻　平成20年〔２００８〕12月)をご覧頂きたい。

さて米国視察では、視察団メンバーの交流も兼ねてまちを見て歩いた。ニューヨークではブロードウェイでミュージカルの「キャッツ」を見た。昭和60年(１９８５)当時大流行していた劇だが、私は居眠りをしてしまった。というのは、キャッツは動きの少ないセリフ劇なので、英語が聞き取れない私には話がさっぱり分からなかったからだ。残念。

シカゴやダラスでは地元の肉屋がやっているステーキハウスに行き、巨大な1ポンドステーキを食べた。４５０グラムもあるのだが、脂身のない赤身のヒレ肉なのであっさりしていて結構食べられた。自分で肉を選んで、炭火のグリルに持って行き自分で好きなだけ焼くという店もあった。ステーキの国だけあって肉をいかに美味しく食べるかに相当力が入っていた。

サンフランシスコではアメリカンな巨大なピザを初めて食べた。具を選べるのだが、私はEverything（全部のせ）を選んだからだ。当時昭和60年（１９８５）は日本で宅配ピザのドミノ・ピザが1号店を出した年でアメリカンなピザの流行が始まった頃だった。フィッシャーマンズワーフのピア39のピザ屋だった。そこは古い漁港を再開発しておしゃれな観光地にしたところで、観光客であふれていた。建築屋だからそういう再開発地域も見に行ったのだ。

とにかく初めての訪米で何もかも珍しく、大変勉強になった。その後2度もアメリカに行くようになるとは思ってもみなかった。

32歳で結婚する

当時付き合っていたのはB研究所の同僚の高沢正子だった。彼女は武蔵野美術大学を卒業後B研究で働いていた。気が合って付き合うようになっていたが、私はB研究所の社員でうだつの上がらない状態では結婚する気にならなかった。それで、C総研に転職して給与待遇がしっかりしたので結婚することにした。

昭和62年（１９８７）5月7日。二人とも地味婚を考えていたので披露宴はせず、互いの両親と自分たちの６人だけで挙式を行った。場所はカトリック教会の東京カテドラル。建築家の丹下健三が設計した有名な教会だったが、これは偶然だった。二人ともキリスト教徒ではないが、教会ならば気楽に執り行えるような気がしていて、希望日の5月7日に挙式可能な教会を電話帳で片っ端から問い合わせて探したのだった。

芦屋の再開発ビルの情報化企画

米国から帰国後、D商事の大阪支店からの引き合いで、兵庫県芦屋市の情報化のコンサルティングの打診が来た。C総研の全国営業網はD商事が担当していたからだ。昭和61年（1986）1月のことだった。

その案件は、国鉄芦屋駅前の再開発ビルで、商業棟、ホテル棟、住居棟からなる大きなビル群だった。その中心となる商業ビル「ラポルテ」には情報プラザというフロアもあって、ビル全体を情報化するというプロジェクトだった。

ただし情報化については分かる人がいないので、専門家にコンサルティングをお願いしたいということだった。市の構想でここを情報化の拠点にしたいということは決まっていたが、情報化と言っても具体的には何をしたらよいのか、何から手をつけたらよいのか分からないということだった。発注者は芦屋市と再開発組合からなる第三セクターだった。

いよいよインテリジェントビルの実地のプロジェクトがやってきたのだ。待ってました。勉強していた甲斐があった。

早速私は提案書を書いて営業に行き、プレゼンテーションを行った。最終的には2社コンペ（提案競技）になった。競争相手は大阪の大手電機メーカーだったが我々は楽勝だった。なぜならそのメーカーは自社の製品のカタログ集を提案書にしていて、そこにはコンセプトの記述がなく、コンサルティングのろくな説明もなかったからだ。

私は電機メーカーのやりかたはよく分かっていた。前年の米国インテリジェントビル視察でメーカーの人とも一緒だったからだ。彼らは個々の技術や製品、いわゆるモノにしか興味はなかった。モノを並べるだけの提案書だった。

一方、発注者が求めているのはモノではなく、その利活用の方法やコンセプトなのである。私はそれを利用技術と呼んで、一方のモノの方は要素技術と

国鉄芦屋駅北地区第一種市街地再開発事業第2地区

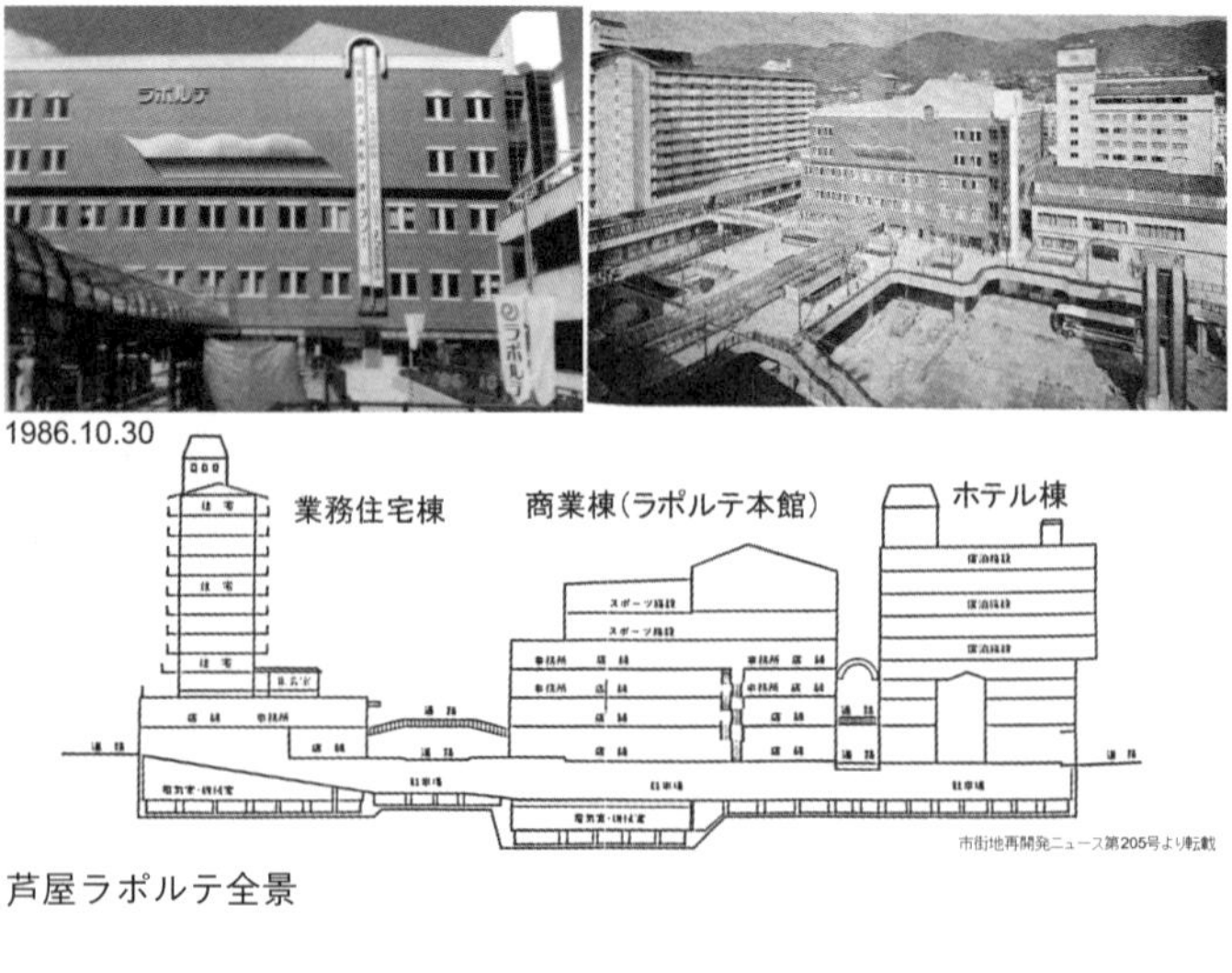

市街地再開発ニュース第205号より転載

芦屋ラポルテ全景

呼び全く区別した。技術にはそういう区別が必要なのを分かっているのは私ぐらいだった。

それで私が発注者に提案したのは、商業ビル「ラポルテ」を地域の情報センターにして情報の受発信を行い人々の交流の場にすることだった。これがビルや情報システムというモノの利活用の方法やコンセプトなのである。そこには私のこれまでの都市計画から情報化までのコンサルティングの経験から生まれた発想が詰まっていた。

ラポルテは地上6階建ての商業ビルで、ブランドショップなどの店舗テナントが入る。その3階は情報プラザというコンセプトのフロアで、公共施設の多目的ホール「ラポルテホール」が入り、芦屋市の市民サービス窓口が入る。そして芦屋市のCATV会社が入居し、スタジオやイベントホールがある。また旅行会社や不動産会社等の情報関係のテナントが入る。

この情報プラザを人々の交流する拠点としただけ

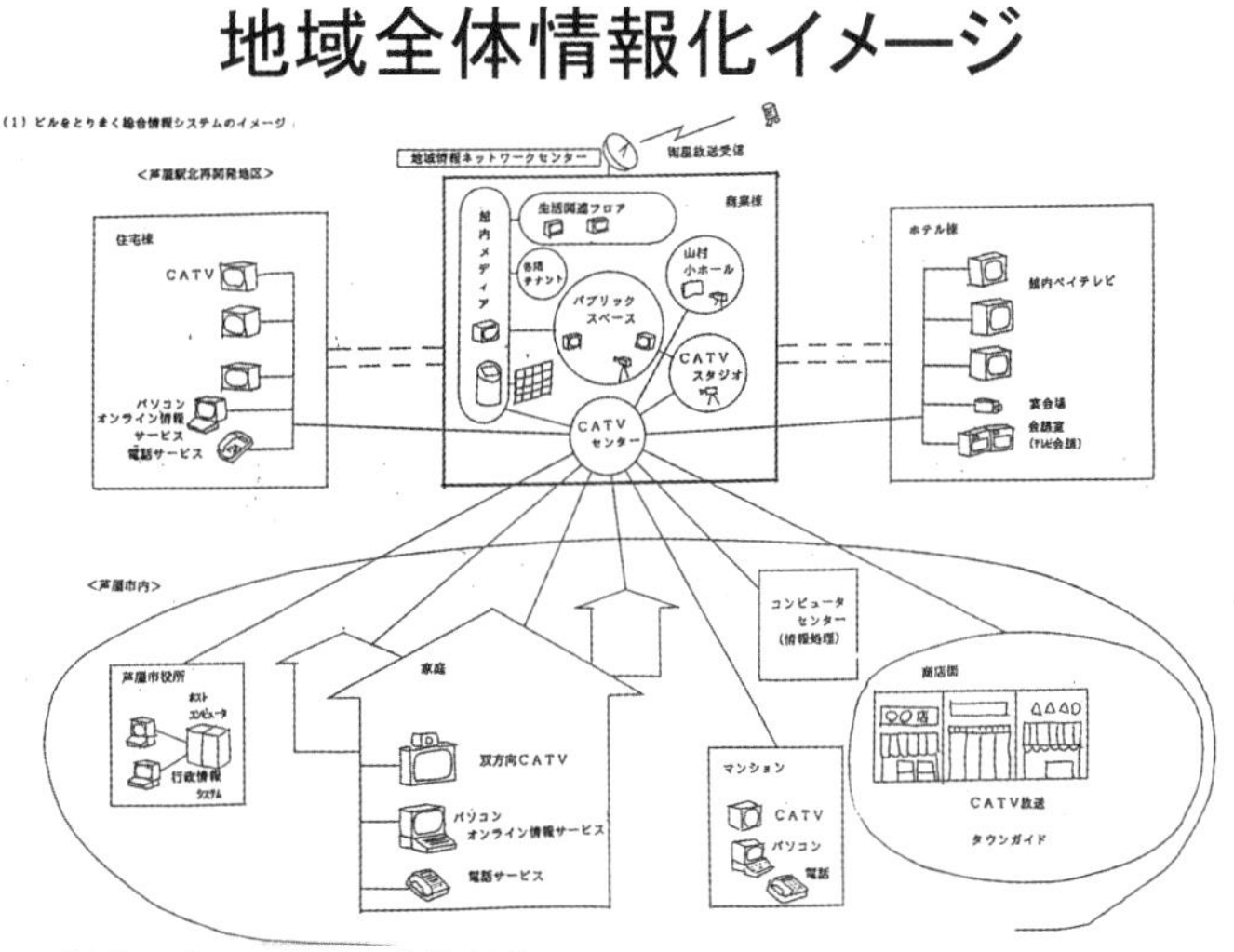

芦屋ラポルテ地域全体情報化

ではなく、地域情報の受発信を行う中心拠点と位置づけた。そしてここを中心としてラポルテビル全体を情報化し、さらに周辺地域を情報化してそれらを結ぶ情報ネットワークを構築した。このようなコンサルティングだけではなくシステム構築も我社で行った。

その情報ネットワークは次のもの（情報システム）からなる。

①芦屋地域CATVの放送センター設備。CATVが入ることは決まっていた。

②ラポルテホールの大画面等映像設備。

③館内テレビ放送設備。館内各所のテレビモニターに館内案内映像等を流す。

④各階の情報端末（ビデオテックス：VTX）。来客の操作に応じてビル案内やテナント案内画面を表示する。

⑤電子掲示板システム（BBS）。市内のパソコンユーザーとビルを結ぶ文字通信の掲示板。

⑥デジタル電話交換システム（Telecom）。多機能電話、LCR、POS、CATネットワーク。

⑦ビルディングオートメーション（BA）。水電気空調セキュリティ等ビル設備管理。

⑧テナント共用サービス（ＳＴＳ）会社としての芦屋情報センターの設立。④⑤の運営とともに、パ

芦屋ラポルテ情報システム写真

ソコン普及のためのパソコン教室やゲームソフト等の販売を行う。

これらのうち④⑥⑦⑧は米国のインテリジェントビルにあったものである。

④は今で言うインターネットのホームページのような感じで情報画面をめくるように表示する。⑤は今で言うSNS（Social Networking Service）のようなものでパソコンユーザー同士が文字情報を交換する。これらのコンセプトは現在のスマホ（スマートフォン）の時代（２０２２）も続いているわけで、いわば情報社会を先取りしたようなものだった。

芦屋ラポルテ情報プラザ写真

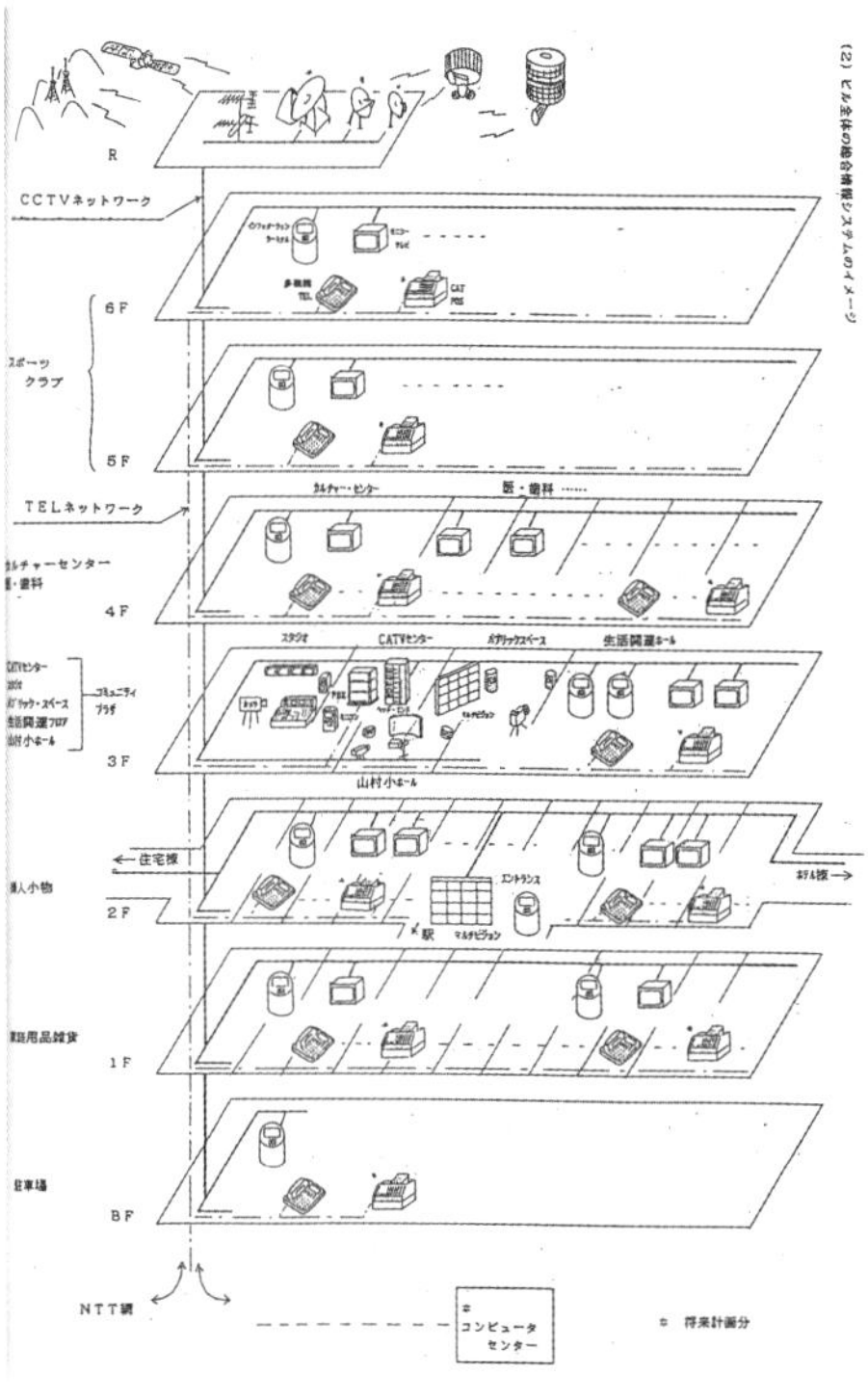

芦屋ラポルテ　ビル内情報化イメージ図

ちなみに当時はまだ液晶画面というのはないから全部ブラウン管モニターである。またインターネットもない、スマホもない時代で、パソコンが登場したばかりの頃で、パソコンも文字表示しか出来ない時代だった。例えば④を作るためにはオフコン（オフィス・コンピューター）のネットワークを使用した。

当時はこれらの既製品はないので、一から作ったのだ。コンセプトから具体化していって、「こんなモノがあると便利だ」ではなく、「これをするためにはこんなモノが必要だ」と考えた。それから「これで何がうれしいのか」というように、「ユーザー体験（User Experience）」を想定していった。それでこんなシステムが必要ということで設計した。

技術からモノを作るような技術指向ではなくて、ユーザーニーズからモノを作った。シーズ（技術の種）指向ではなくてニーズ指向だ。ただ厳密に言うと全く新しいモノにはニーズというモノは存在しない。ユーザーは今存在しないモノのニーズを感じることはないからだ。だからコンセプトから演繹してこんなモノがあったら良いとか、あるべきだというように発想した。この方法論は35年後の今

3階「情報プラザ」　1986年当時

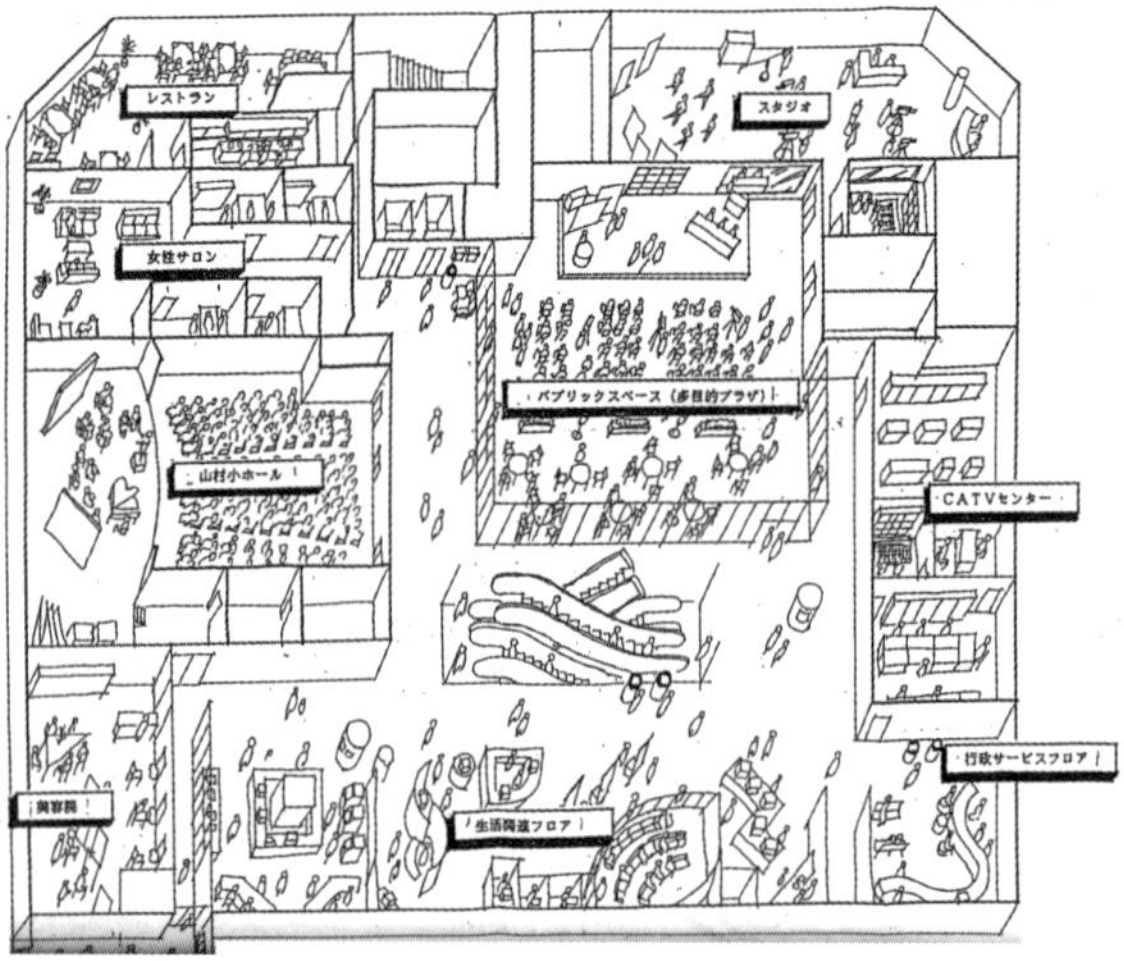

芦屋ラポルテ情報プラザ

でも通用する。今では各種新規商品開発で行われているはずだ。

　これらの情報システムは昭和61年（1986）10月に完成し設置されたが、その後残念ながら5年後から17年後にかけて大半が撤去された。その理由はそれぞれで、④⑤は広告収入により維持されていたが、広告収入が途絶えると平成3年（1991）頃撤去された。他は主に耐用年数が来て撤去された。

　これらのコンセプトは時代を先取りしていたが、まだ早すぎたのか利用面も技術面も追いついていなくてすぐ陳腐化していった。パソコンとメールが出来る携帯電話

表1. 情報化の変遷

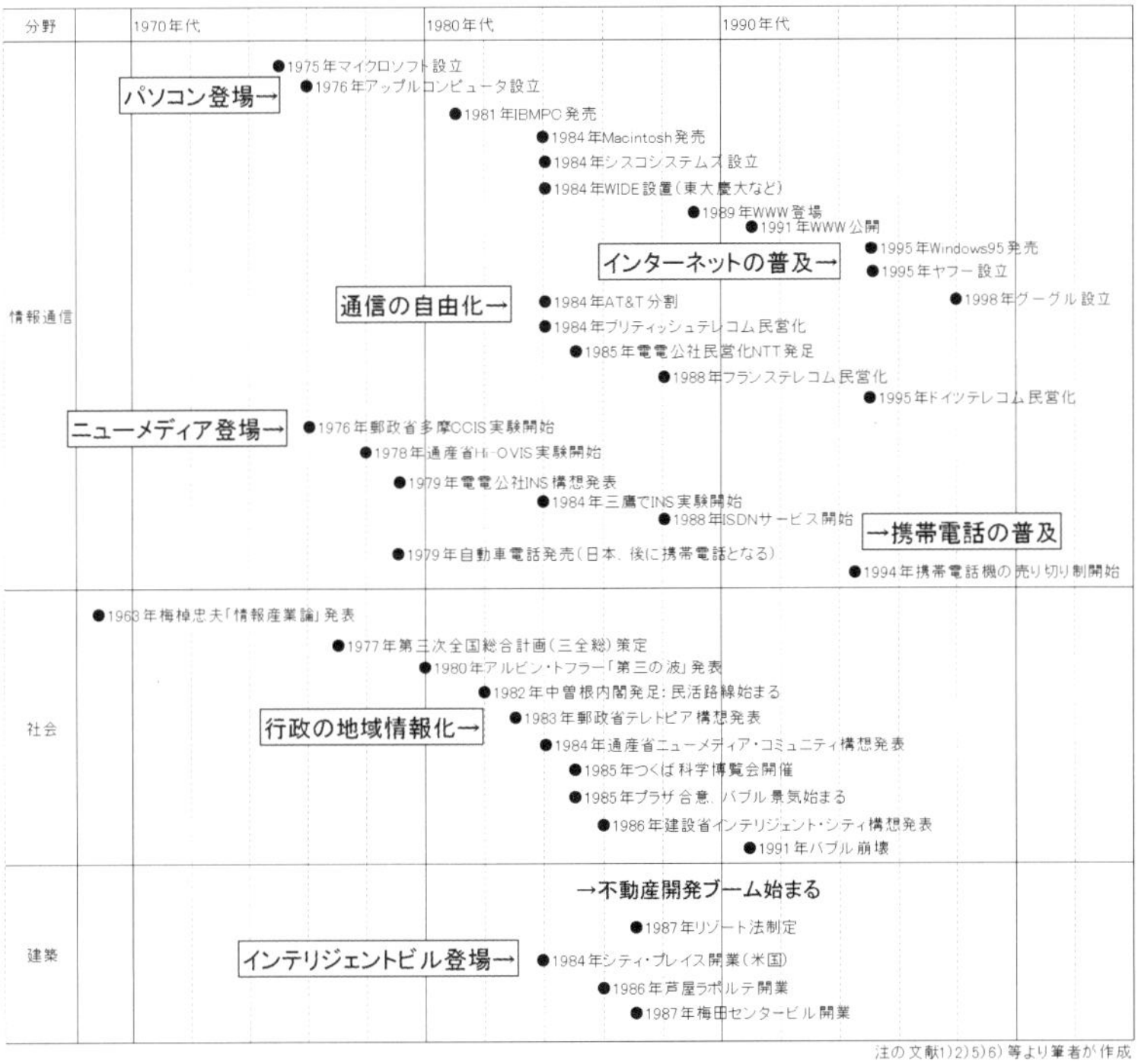

注の文献1)2)5)6)等より筆者が作成

情報化の変遷

とインターネットの急速な普及も陳腐化に拍車をかけた。残念である。

世の中の情報化の速度は速く、ラポルテ開業から2年後、インターネットの日本国内サービスISDNが昭和63年（１９８８）に始まった。続いてホームページ（World Wide Web）が平成元年（１９８９）に登場し、売り切り式携帯電話が平成６年（１９９４）に登場した。平成7年（１９９５）にWindows95が発売され、インターネットが一気に普及した。そんな時代であった。

問題点や課題はたくさんあり言いたいこともたくさんあるが、長くなるので省略する。詳しくは、拙論「施設の情報化の事例研究その1─駅前再開発ビルに見る情報化─」（山陽学園短期大学紀要　第39巻　平成20年（２００８）12月）をご覧頂きたい。

またコンセプトからモノを作って行く話は、拙論「コンセプトフォール型プログラミング事例─集客施設の情報化企画に関する研究　その5─」（令和2年度日本建築学会近畿支部研究発表会　梗概）をご覧頂きたい。

ブレインストーミング

C総研での仕事で勉強になったことの一つにブレインストーミングがある。ブレインストーミングというのは会議の一形態である。今（２０２２）現在では一般的になっているが、当時日本ではまだなかった会議方式である。

一般的に会社や役所での会議は最初から結論が決まっていることが多い。議題提出者が結論を用意していて、それを出席者が了承するというパターンである。日本では延々と議論することはまれである。すんなり時間内に終わってしまう。この場合「シャンシャン会議」とも揶揄される。

一方、アイディアを募る会議では始めから結論は決まっていない。アイディアを持ち寄る場合もあるが、その場でアイディアを出さなければならない会議もある。その場でアイディアを出す方式に、ブレインストーミングがある。

その方式の説明は省略するが、結論厳禁、自由奔放、質より量、結合改善などのルールがある。欧米の方式で、C総研ではE社の出向者が使っていた。E社は米国企業だからである。私はそれを芦屋のラポルテのアイディア出しに活用した。

アイディアは次から次へと出てくるが、それをその頃登場した白板に書き留めていくとすぐいっぱいになってもう書けなくなってくる。

そこでフリップチャートという模造紙に書いていくと便利だった。それは上に2つ穴が空いていて専用のハンガーに掲示が出来る。それにアイディアを書いていくと何十枚にもなっていった。それを出席者全員が一覧できるように掲示するのだが、専用のハンガーでは到底足りない。結局セロテープで会議室のすべての壁に並べて貼っていったのだ。ブレインストーミングはこのフリップチャートがないと完遂できない。

フリップチャート　ブレインストーミング会議

このフリップチャートと専用のハンガーを会社で用意しているのがE社のすごいところだった。さすが米国トップクラスのコンピュータ会社だった。私は日本の会社では見たことがなかった。米国の企業は会議もシステマティックで合理的だなと感心した。

このブレインストーミング会議で最後にもう一つ大事な点がある。それは会議の議長の役割だ。この場合議長が単なる司会ではアイディアはなかなか出てこない。「はい次の人どうぞ」と言っても出てこないのだ。

このとき率先してアイディアを出したり、議論を整理したり、議論を活性化させたり、出てくるアイディアを次から次へとフリップチャートに書き込んだりしていく議長が必要になる。それをセッションリーダーと呼んだ。セッションとはこのようなやりとりの激しい活発な会議のことをいう。そのセッションをリードしていく人がセッションリーダーだ。（今はファシリテーターと呼んでいる。）

これもE社の人がやっているのを見て私は覚えた。芦屋のプロジェクトから私はプロジェクトマネージャーだけではなくセッションリーダーを務めていくようになった。これらの技術がその後の私の仕事人生を発展させていったのだ。

インテリジェントマンションネットワーク構想

芦屋ラポルテと同じ年、昭和61年（１９８６）にマンションを情報化する話もあった。大手マンション会社からの依頼でコンサルテーションを行ったのだ。その会社のマンションの差別化のためにマンションを情報化できないかというわけだ。

　芦屋ラポルテで考えたアイディアがマンションでも応用できると私は考えた。芦屋で考えた情報端末を各家庭に置いたらどうかというわけだ。つまりマンションの各住戸に情報端末を装備して売り出すのだ。

　その情報端末をホームターミナルと名付けた。主に文字情報を表示するのだが、その機能は「情報提供」と「コミュニケーション」にした。情報提供とは住民に役立つ生活情報、例えば、ホームショッピングや料理レシピの情報、自治会の情報、交通機関の時刻表、電話帳、株式情報、旅行情報などだ。一方、コミュニケーションとは、入居者と自治会の連絡や伝言板、入居者同士の連絡や伝言など今でいう電子掲示板や電子メールである。

　さらに、そのホームターミナルは他のマンションとも通信が出来る。生活情報等の情報提供はマンション外部のコンピューターセンターから行う。また同じ会社のマンション同士のコミュニケーションも出来る。同

1986年　マンション会社の調査プロジェクト
「インテリジェントマンションネットワーク構想」

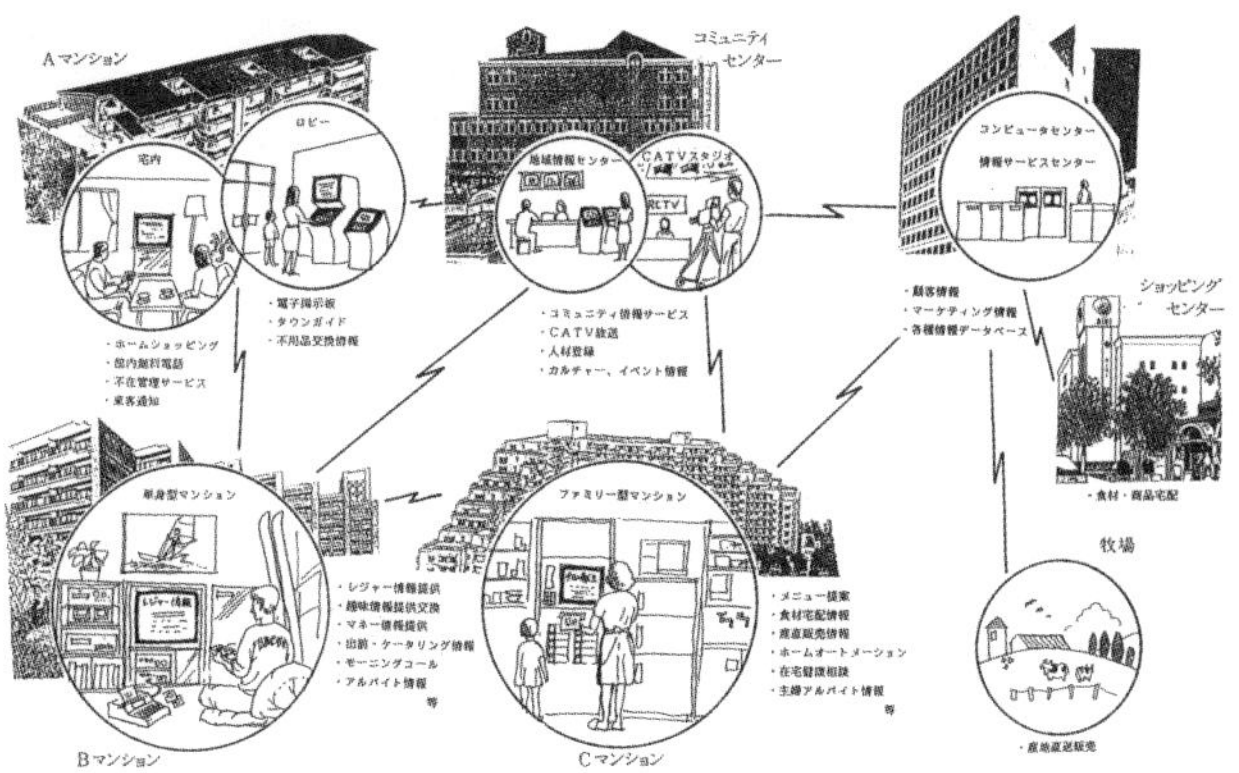

マンション情報化　インテリジェントマンションネットワーク

じ会社のマンションの友の会を作ってコミュニティ活動をネットワーク上で行うのだ。さらに地域CATVも受信できる。これらを「インテリジェントマンションネットワーク構想」と名付けた。

これらはその後パソコンとインターネットで実現したものばかりである。コンセプトは最新最先端であった。しかし当時は技術面と利用面で追いつかず、費用が莫大で費用対効果が少ないということで見送られた。構想だけに終わった計画であった。

他にも私はこんな構想をいくつも作った。夢が多く大変楽しい仕事だった。眠るのが惜しいくらい熱中した時代だった。

1986年　マンション会社の調査プロジェクト
「ホームターミナルシステム構想」

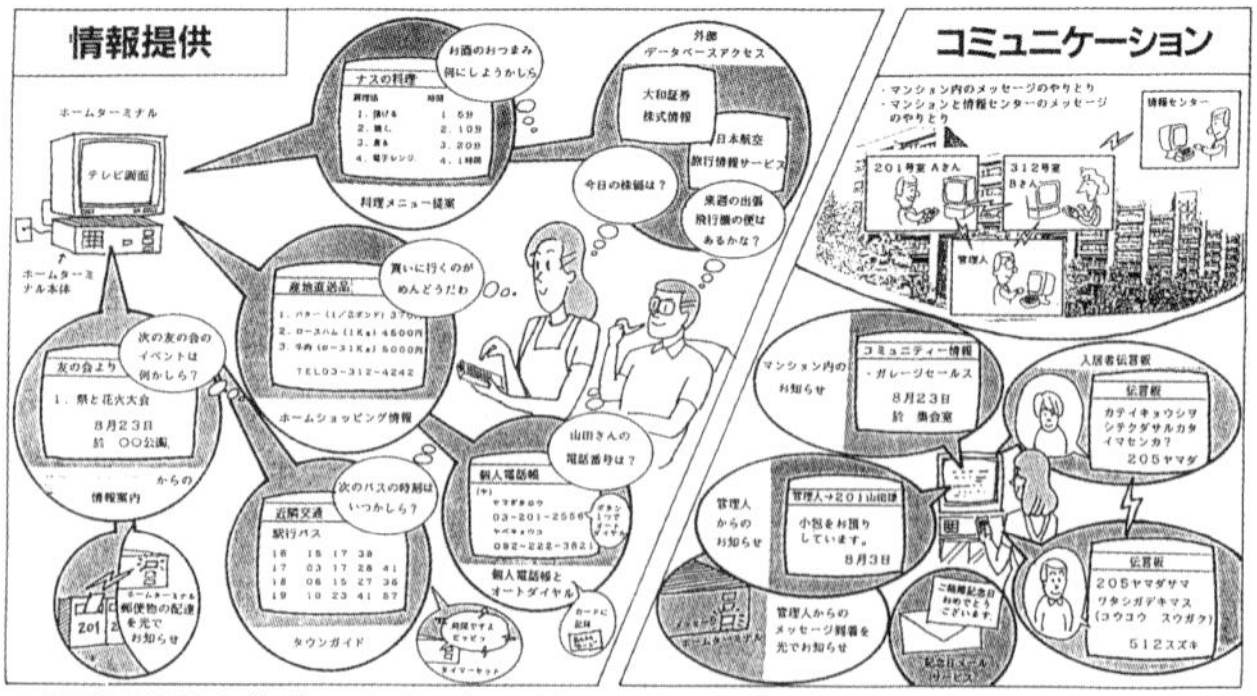

当時は実現せず。後のインターネット（ホームページ・ブログ）によって同様のものが実現。

マンション情報化　ホームターミナル

Ⅴ　テーマパーク編　「テーマパークの企画」

テーマパークの仕事の打診

その頃、私は昭和62年（1987）5月7日に結婚した。そんな公私ともに忙しい中、同年に親会社の営業を通じてある会社から情報化の取引の打診が来た。テーマパークを作るからその情報化を担当する会社を探しているということだった。

テーマパークの情報化だって⁉　そんな面白い話を逃す手はない、私は即座に思った。これまで地域の情報化からビルの情報化、マンションの情報化とやってきたのだ。テーマパークの情報化だって出来るはずだ！

テーマパークはその頃ブームが始まっていた。4年前の昭和58年（1983）に東京ディズニーランドが開業して大人気を博していたからだ。その後全国に様々なテーマパークが出来ることになった。情報化を打診して来たある会社とは、日本の会社で、ある有名なキャラクター商品を販売しているI社だった。東京ディズニーランドがミッキーマウス等のキャラクターを使ってテーマパークを作っているのを見て、I社も自社のキャラクターを使ってテーマパークを作ることにしたのだ。

そのキャラクターの名前はJだった。

テーマパークの情報化を受注

Ｉ社は単なるコンピュータ会社を探しているのではなかった。これまでの、売り上げ管理等の事務の計算作業をコンピュータにやらせる話ではない。もしそうなら今出入りしているコンピュータ会社にやらせればよいからだ。

それより、テーマパーク事業自体が初めてなので、テーマパークの情報化とはいったいどんなものになるかわからなかった。だから、テーマパークの情報化の姿自体を描ける企業を探していた。ずばり、テーマパークの情報化の企画を出来る会社を探していたのだ。

テーマパーク自体が新しい事業であるから前例がほとんどない、しかもコンピュータは日進月歩だから常に新しいことをやる必要がある。新しいコンピュータの使い方を企画する必要がある。それなら私がやる。ビルの情報化等の企画をやってきた私なら出来る、と思ったのだ。この機会を逃す手はない、とにかくどうしてもやりたかった。

Ｉ社から提案依頼書が出たので、早速提案書を作ってプレゼンテーションをした。Ｉ社はこの情報化の企画会社を選ぶために、応募してきた各社にその企画業務の提案書を求めてきたのだ。その提案書を比較して企画会社を決めるというわけだった。

ここで企画会社を選ぶということはどういうことかをちょっと説明する。企画したものを比較するのではない。まだ企画をする前に企画を担当する会社を選ぶのだ。それには企画能力を調べて比較するしかない。応募する企業の方は提案書に企画能力を示すしかない。

提案書に何を書くかというと、まず同様な業務の実績すなわち前例を示す。そして、今回の企画をするとなるとそれがどんなものになるか、その「さわり」を示す。また加えて企画作業の進め方を示す。つまり、作業期間を示す。また作業内容を作業項目で示す。また作業の人員態勢を示す。そして最後に作業費用を示すのだ。

我社の場合は同様な業務の実績については、芦屋ラポルテ等のインテリジェントビルがあったから問題はなかった。一方、競合他社の場合はインテリジェントビルすらやっていないところが多く、だから自社の製品（コンピュータや電気機器）のカタログの束を添付するしかなかった。当然I社はカタログなどを求めているのではなかったから、競合他社は我社の競争相手ではなかった。

しかも、企画業務はいわゆるコンサルティング業務であり、単なる物品販売の仕事ではないので、競合他社に多い大手電機メーカーやコンピュータメーカーにそんな実績のあるところはほとんどなかった。だから我社の提案書は非常に説得力があった。

特に、我社の提案書の中で「企画内容のさわり」を示す部分が白眉であった。企画そのものは受注後にやる作業なので、企画案は未定なのだが、お客（I社）にとっては我社に任せるとどんな企画案が出てくるのか普通は想像がつかない。そこで、例えばこんな企画案が出てきますよという例を示した。それが「さわり」である。これを見れば本番の企画でどんな企画案が出てくるか想像がつくというわけだ。

私がどんな「さわり」を示したかを説明する。そこでは、完成したテーマパークの中でどこにどうコンピュータを使用するかを示す、すなわち裏方の情報化を示すだけではなかった。むしろ表方である、アトラクションの企画そのものでどうコンピュータを生かすか、アトラクションの情報化を、私の得意な絵を描いて（イラストで）目に見える形で示したのだ。

アトラクションの例を絵入りで示した会社はなかった。こんなクリエイティブな提案書は他になかった。これで我社は競合他社を圧倒的に引き離した。

もちろんそれだけではなかった。提案書の中の「企画作業の進め方」すなわちコンサルティングの進め方もしっかりしていた。私のこれまでのコンサルティングの経験の枠を詰め込んで書いていたからだ。そこにはK国で経験した英国のコンサルティングエンジニアの仕事の進め方も入っていた。その点は、なんとI社側のプロジェクトマネージャーにはプラントエンジニアリングの専門家も入っていたので、この英国流の表現は非常に受けた。（プラントエンジニアリングとは発電所や工場等の工事の技術のことで、英国等による海外工事で培われた技術体系だ。）

すなわち、日本ではなじみの少ないプロジェクトマネジメント手法を示していた点が評価されたのだ。

というわけで我社は圧倒的1位で受注したのだ。

情報化を企画してプレゼンテーション

今回、我社はテーマパークの情報化を企画する業務を受注した。いわゆる情報化のコンサルティング業務を受注したのだ。したがって今回の仕事は、テーマパークの情報化の具体案を作ってプロジェクトチームにプレゼンテーションをして認めてもらうことだ。

そのプロジェクトチームというのはI社の中に作られたテーマパーク企画部隊だ。社内各部署から選抜された人たちが集まっている。そして今回のために外部から採用されたメンバーもいる。その一人が先に挙げたプロジェクトマネージャーだ。

そのプロジェクトチームでテーマパークの企画案を作る。そして最終的に社長にプレゼンテーションして認めてもらうのだ。これから作る情報化の企画案もプレゼンテーションして認めてもらわなければならない。私もプロジェクトチームに入れてもらって、皆に交じって情報化の企画案を作ったのだ。

ところが通常のコンサルティング業務とは異なる大きな違いがそこにはあった。何がどう違うのか、それは情報化の対象となる業務がまだ出来てない点だ。

通常情報化というと、コンピュータを導入する部署の業務が既にそこにあって、既にある業務を分析して、その業務の中にどこにどういう形でコンピュータを入れるかを検討するのが普通だ。

ところが今回はテーマパークを新しく作るという話だから、まだ部署も決まってなければ業務もない。情報化の対象となる業務そのものがまだないので、今の段階でやることがない。だったらテーマパークの企画が出来るまで待とう。

そう考えるのが普通だが、今回我社が受注したのはそんな普通の話をやるからではない。テーマパークの企画を、I社のプロジェクトチームに交じって行う。我社も一緒にやって、テーマパークのコンセプト（統一理念）をプロジェクトチーム全体で共有して、情報化もそのコンセプトに沿って企画すると約束したから受注できたのだ。

プロジェクトチーム全体でテーマパークのコンセプトを共有して企画を進めてゆく、それが大事なポイントなのだ。

テーマパークのコンセプト（統一理念）を皆で共有する、これがプロジェクトの成否に関わる重要なポイントだ。

例えば、東京ディズニーランド（ＴＤＬ）ではコンセプト（テーマ）は「夢と魔法の国」だ。一歩入るとその入口から出口まで夢と魔法の国で統一されている。だから、掃除の人からゴミ箱に至るまで夢を壊さないように出来ている。従業員一人一人がそのコンセプトを共有しているから出来ることだ。このようにテーマパークは統一コンセプト（テーマ）が大事なのである。

今回のI社のテーマパーク作りもそのコンセプトの共有を重視して、企画段階から社内外を含めたプロジェクトチームでコンセプトを共有して一緒にやろうとしているのだ。だから普通なら企画が決まるまで待つような分野の人も企画に参加した。建設会社や設備会社や演劇会社や衣装会社などだ。

そんな中でも特に情報化に大きく関係する企画内容があった。それは、対象敷地が狭いので、テーマパークを何階建てかの建物にして屋内型にするしかないという点だった。

普通テーマパークは屋外型だ。それはアトラクションに並ぶ客の行列を吸収するために、オープンスペースを広く取る必要があるからだ。例えばＴＤＬでは、アトラクションに乗るのを待つために30分は並ぶのが普通だ。それが可能なのは広い園内敷地があるからだ。

それが今回のように敷地が狭く屋内型のテーマパークになる場合は、行列をするスペースがない。それどころかテーマパークにすら入れない客が出る。これは致命的な欠点だった。

その対策としてテーマパークの入場を予約制にするという案が出た。予約制にするということは予約システムを考えなければならない。予約の情報システムが必要になる。これは我社の出番だった。だから我社はそれも企画してプレゼンテーションしたのだ。

米国のテーマパーク企画会社によるコンセプト作りに参加

テーマパークの企画作業は大変だった。テーマパークにはその主人公となるメインキャラクターと、彼が演ずるストーリー（物語）が必要となる。アトラクションはそのストーリーから出来ているからだ。

ディズニーランドの場合は、メインキャラクターはミッキーマウス等で、そのストーリーはミッキーマウス達が出ているアニメーション映画等から採用されている。

それではＩ社のメインキャラクターＪはどうか。Ｊはノートやカップ等の商品に描かれたキャラクターだ。それは動きのない単なるイラストなのでストーリーがない。そもそも立体ではないので、テーマパークの動くキャラクターにふさわしくない。ストーリーもなくキャラクター（性格）もないのは致命的だった。これではテーマパークは作れないということだった。それでは新たにオリジナルのキャラクターを考えてストーリーを作らなければならない。

こういうこともあり、Ｉ社はテーマパークの企画は未経験だったから、経験のある会社を探していた。それは日本には存在しないので、米国のディズニーランドを企画した経験のある米国企業のＫ社を採用した。プロジェクトメンバーにＫ社の米国人達が参加してきた。その中にはストーリー担当のＬ氏とビジュアル担当の人がいた。

ストーリー担当のＬ氏はキャラクターを設定してストーリーを考えてシナリオを書いた。ビジュアル担当の人はキャラクターを視覚化して絵を描いた。そしてストーリーの背景画などを書いた。これらはコンセプトアートといった。

Ｌ氏はそのストーリーをプロジェクトメンバーにプレゼンテーションした。それはシナリオを読む物語劇で、ひとりがたりの演劇そのものであった。それは英語であったが、同時通訳がいたので、日本人にもよく分かった。プロジェクトメンバーは演劇を見るように皆感動したのだ。

それでそのキャラクター（Ｍと呼んだ）とストーリーは採用されて、テーマパークの名前や中央広場のアトラクションに採用された。

このようにテーマパーク作りはアニメや映画の作り方と同じだった。まずテーマ（物語の主題）を決め、キャラクター（主人公や登場人物）を設定し、ドラマ（物語）を考えてシナリオ（脚本）を書く。そしてキャラクター達のビジュアルイメージを絵に描く。物語の舞台や背景も絵に描く。それらの絵はコンセプトアートと呼ばれる。

そしてシナリオに沿って絵コンテと呼ばれる各場面のビジュアルイメージを描く。その絵コンテから舞台や背景を作り、大道具や小道具を作る。テーマパークの各アトラクションもそうやって出来ている。ストーリーに沿って観客が時系列に物語を体験出来るように作られているのだ。映画も観客が時系列に従って物語を体験するので全く同じ構造だ。

アトラクションは乗り物だと思っている人が多いが、アトラクションの場合、乗り物に乗せるのは、観客を同じ時間で、時系列に沿って物語を体験させるためである。一方、物語のない乗り物は単なる遊園地の乗り物である。

ディズニーランドの経営戦略

ディズニーランドはビジネスであるからその経営戦略も学んだ。

ちょうど東京ディズニーランド（ＴＤＬ）は、アメリカ以外で初めて建設されたディズニー・パークで昭和53年（１９８３）４月に開業していたから実際に見に行って学ぶことが出来た。

その経営戦略はまず大まかに次の３つの経営方針からなっている。

①物語を体験させる。

②リピーターを確保する。

③入場料以外の物販と飲食で稼ぐ。

「物語を体験させる。」は既に述べたが、ＴＤＬ開業当初の客はほとんど大人で占められており、皆ディズニー世代であることがポイントである。客は皆ディズニーの物語世界を知っているのだ。そこで施設全体をおとぎの国、未来の国、冒険の国などの巨大な物語空間として設計して物語を追体験させた。

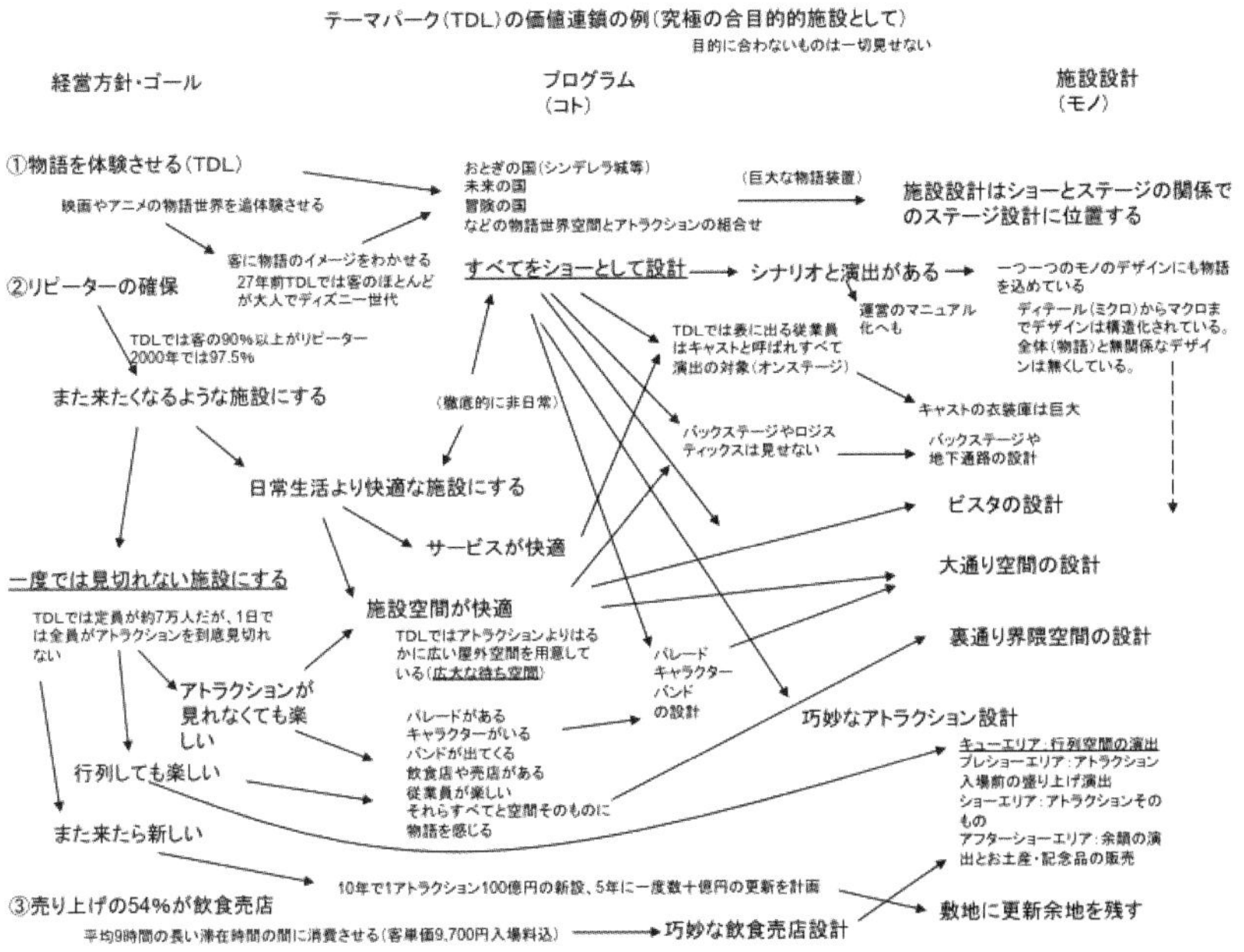
テーマパーク(TDL)の価値連鎖の例(究極の合目的的施設として)
目的に合わないものは一切見せない
経営方針・ゴール
プログラム
(コト)
施設設計
(モノ)
①物語を体験させる(TDL)
映画やアニメの物語世界を追体験させる
客に物語のイメージをわかせる
27年前TDLでは客のほとんどが大人でディズニー世代
おとぎの国(シンデレラ城等)
未来の国
冒険の国
などの物語世界空間とアトラクションの組合せ
(巨大な物語装置)
施設設計はショーとステージの関係でのステージ設計に位置する
②リピーターの確保
すべてをショーとして設計
シナリオと演出がある
一つ一つのモノのデザインにも物語を込めている
運営のマニュアル化へも
ディテール(ミクロ)からマクロまでデザインは構造化されている。全体(物語)と無関係なデザインは無くしている。
TDLでは客の90%以上がリピーター
2000年では97.5%
TDLでは表に出る従業員はキャストと呼ばれすべて演出の対象(オンステージ)
また来たくなるような施設にする
(徹底的に非日常)
キャストの衣装庫は巨大
バックステージやロジスティックスは見せない
バックステージや地下通路の設計
日常生活より快適な施設にする
ビスタの設計
サービスが快適
一度では見切れない施設にする
大通り空間の設計
TDLでは定員が約7万人だが、1日では全員がアトラクションを到底見切れない
施設空間が快適
TDLではアトラクションよりはるかに広い屋外空間を用意している(広大な待ち空間)
パレード
キャラクター
バンド
の設計
裏通り界隈空間の設計
アトラクションが見れなくても楽しい
パレードがある
キャラクターがいる
バンドが出てくる
飲食店や売店がある
従業員が楽しい
それらすべてと空間そのものに物語を感じる
巧妙なアトラクション設計
キューエリア:行列空間の演出
プレショーエリア:アトラクション入場前の盛り上げ演出
ショーエリア:アトラクションそのもの
アフターショーエリア:余韻の演出とお土産・記念品の販売
行列しても楽しい
また来たら新しい
10年で1アトラクション100億円の新設、5年に一度数十億円の更新を計画
③売り上げの54%が飲食売店
敷地に更新余地を残す
平均9時間の長い滞在時間の間に消費させる(客単価9,700円入場料込)
巧妙な飲食売店設計

テーマパーク（TDL）の価値連鎖の例

物語の体験には「ショーとステージの関係」を構築している。キャラクターや俳優達が演ずるものがショーであり、その舞台がステージである。アトラクションやライブショーだけではなく、すべてをショーとして設計している。だからシナリオと演出がある。表に出る従業員はキャストと呼ばれすべて演出の対象である（オンステージ）。

そして施設設計はすべてステージの設計である。だから一つ一つの物のデザインにも物語を込めている。マクロデザインからミクロデザインまで構造化されており、物語と無関係なデザインはない。バックステージや物流通路（ロジスティクス。地下にある。）は表に見せない。ちなみにキャストの衣装倉庫は巨大である。

そして②の「リピーターを確保する」ためにはまた来たくなるような施設にすることだ。それには二つの方針がある。一つは徹底的に非日常を追及して日常生活より快適な施設にすることだ。それでサービスも快適にし、施設空間全体を快適にしている。

2つ目は、これが重要だが、一度では見切れない施設にすることだ。当時ＴＤＬでは入場定員が7万人だったが、1日では全員がアトラクションを到底見切れない。だからアトラクションを見切れなくても楽しい、行列しても楽しいようにして、パレードがある、キャラクターがいる、バンドが出てくる等にしている。

そして、また来たら新しいようにしている。それには10年に一度100億円かけて新アトラクションを建設し、5年に一度数十億円をかけて更新する。それで敷地に更新余地を残している。当時でもリピーター率が9割だった。

最後に③の「物販と飲食で稼ぐ」だ。ＴＤＬの当時の売り上げの6割近くが飲食と売店の売り上げだ。平均9時間の長い滞在時間の間に消費させるのだ。それで平均客単価が入場料込みで当時約1万円だった。それでアトラクションのアフターショーエリアでは、物語の余韻の演出とともにお土産や記念品の販売を行っている。

これらの戦略は当時の日本では全く初めてのものだった。従来型の遊園地やレジャー施設ではカルチャーショックを受けた。またショッピングセンターなどの商業施設でも同様で、大いに真似をしたものだ。39年後の今では日本人の大半がＴＤＬを体験したので、これらの戦略は皆がもう知っている。

米国テーマパーク視察旅行

このようにテーマパークの作り方を学びつつあった我々プロジェクトチームは、実例を見るために、米国のテーマパークを全員で見に行くことになった。全員で見に行くというのはまさにコンセプトを共有するためである。プロジェクトチームには様々な会社の人たちが入っていた。建築設計会社から、我々情報システム会社、映画会社、果ては衣装会社まで、テーマパークに関わるあらゆる業種の人たちがいた。

昭和62年（1987）12月、私はI社の米国視察旅行団に参加した。フロリダからダラス、サンアントニオ、ロサンゼルスと、11日間で米国を横断したのだ。

視察したテーマパークは、元祖と言えるロサンゼルスのディズニーランドに始まり、その未来形であるオーランドのディズニーワールドと、まさに未来都市を実現したエプコットセンターである。またキャラクターのテーマパークであるセサミプレイス、町中がテーマパークとなっているサンアントニオのリバーウォーク、ユニバーサルスタジオやチルドレンズミュージアムなどいろいろなバリエーションの施設をまわった。

それらから見えてくるのは、テーマパークはやはり映画作りから来ているということと、それは物販飲食ビジネスから宿泊リゾートやまちづくりにまで広がっているということだった。大変裾野の広いビジネスである。

テーマパーク開業と問題点

平成2年（1990）年、I社のテーマパークは完成して開業した。鳴り物入りで開業して満員盛況で始まったが、翌年のバブル崩壊とその後の平成不況に入ると低迷が始まった。

原因の一つとしてメインキャラクターのMは認知度が低かった点がある。それは日本人にはなじみのない異国のキャラクターで、I社の持つキャラクター群とは隔たりがあったからである。ストーリーも日本人が全く知らない話だったということもある。

これではまずいということで、認知度の高いキャラクターのJを後から投入した。テーマパークには向かないと言われていたJである。だがI社の売り上げナンバーワンのキャラクターである。

それを動くキャラクターにするために、プロポーションを変えて擬人化し、親や兄弟といった家族まで設定して、ストーリーを新たに作った。それでJの家やライブショーのアトラクションを追加で作って投入した。

このような様々な血のにじむような努力でなんとか現在まで人気を保っている。関係者の努力には頭が下がる。テーマパーク作りは本当に難しい。

バブル景気と長男誕生

昭和60年（1985）にC総研に転職してから、バブル景気が始まり世の中は活気づいたが事件も頻発した。

転職した年の8月12日月曜日夕刻、日本航空123便ボーイング747ジャンボ機が墜落して520人が死亡した。墜落場所は群馬県の御巣鷹山である。それは東京（羽田空港）から大阪（伊丹空港）へ向かっていた。単独の航空機事故としては世界最多の犠牲者数だ。

この日私は仕事で大阪に出張していて、夕方同時刻ちょうど東京に帰るために伊丹空港から日本航空機に乗っていたところだった。事故機の反対方向の大阪〜東京便だった。何という偶然だろう、ぞっとした。

その翌年、昭和61年（１９８６）はソ連のチェルノブイリ原発事故が起きて、放射能が漏れて世界中に飛散した。日本でも大気や食品等が汚染されたとして大騒ぎになった。

一方、同年１９８６年は英国で金融ビッグバンが起きてバブル景気が始まった。英国サッチャー首相が規制緩和と金融システム改革を行って金融が自由化し、急にお金の動きが活発になったのだ。またサッチャーは国有企業の民営化を行った。それらの影響が日本にも波及し、国鉄分割民営化が始まった。日本はバブル景気に突入した。

そして昭和62年（１９８７）に私は結婚し、翌年昭和63年（１９８８）に長男が誕生した。I社のテーマパークをやっていたときである。その年は瀬戸大橋が開通し、景気はどんどん良くなっていった。

Ⅵ

独立自営編

「コンサルタントとして独立開業」

リゾート開発会社への誘い

平成元年（1989）頃、私は先に述べたリゾート開発の仕事に誘われていた。ゼネコンの人からリゾート開発会社を作るからうちに来ないかという話だった。まだI社のテーマパークが完成する前である。

私はテーマパークの仕事が山を越えて一段落していたから、今後の仕事について悩んでいた。このままC社に居続けても、果たして今までのような面白い仕事が続くだろうかと。これまでのようなクリエイティブなコンサルティング業務が続けられるかどうか不安があった。

なぜなら会社の方向性が保守的になり、仕事内容が事務の情報化の分野にばかりなっていたからだ。出向者達が続々親会社に帰り、私のような新規分野に挑戦する気風がなくなっていた。私のような好奇心の強い人間はほとんどいなくなり孤独感が募っていた。

こんな時にうちに来ないかという誘いには心が揺らいだ。リゾート開発の仕事は面白いのでやりたかったが、今更小さな新会社に転職するという気にはならなかった。リゾートの仕事だけをやるというのもリスクが大きいと思ったからだ。

それなら私はコンサルタントとして独立して、リゾート開発の仕事を引き受ければ、平行して他の仕事もやりながら、面白い仕事が続けられるのではないかと思うようになった。

独立開業する

平成元年（1989）11月に自分の会社を設立し、リゾート開発の仕事を受注した。12月にC社を退職して翌年1月、正式に独立した。35歳の時である。自分の会社の名前は「有限会社ケンコンセプトデザイン」である。会社の名前に企画屋、企画コンサルタントとしての意味を込めた。

もうひとつ、会社にした理由は経費を自由に使えるという点があった。パソコンにしろ、勉強のためのセミナー参加や視察旅行にしろ、このような自己投資はサラリーマンの場合は、自分の給料から払わなければならない。ところが会社の場合はこれらが経費で処理できて節税になり、自分の給料には響かないのだ。これが大きかった。

リゾート開発で米国視察

平成2年（1990）5月、私はリゾートの実例を見るために米国視察に行った。先のリゾート開発会社がプロジェクトメンバーのために米国のリゾートを視察する旅行を企画したからだ。今回は米国の西海岸が中心で最後はハワイに寄る2週間の旅行だった。

訪問都市はまずフェニックスで、有名な引退老人都市のサンシティを見た。民間運営の人口約4万人の高齢者住宅街（リタイアメントコミュニティ）である。ゴルフ場などのリクリエーション施設や商業施設や病院までを含む戸建て住宅地である。

次にロサンゼルスからサンフランシスコにかけての大規模な住宅地開発である。外観的な特徴は住宅一戸一戸のデザインを共通にして、まち並み全体を統一した景観を形成していることである。そうやって住宅地を一体化して全体の価値を高めている。

さらに高級な住宅地の特徴は、住宅地の入り口を門と守衛で警備して住民以外が入れないようにしている点である。それはゲーテッドコミュニティといって、セキュリティ意識の高い米国ならではの住宅地である。同じ富裕階層の人が寄り集まって住むのである。人種差別や階層格差が激しく、犯罪が多発する米国らしいとしみじみ思った。

その他には、ハワイを含めた各地のリゾートを視察した。建築屋の私にとって印象的だったのは、徹底的にデザインが統一されたまち並み景観が形成されて、さらにそれをきちんと維持管理運営して、不動産価値を維持している点だった。

商社の情報ビジネスの仕事

私がC社をやめる頃、親会社から出向で来ていた人たちがどんどん帰って行っていた。その中には私に目をかけてくれていたD商事のGさんがいた。

今度は、そのGさんがD商事の中で情報ビジネスを始めていて、私に声をかけてきた。私が独立したのなら、D商事の仕事を手伝ってくれないかという話だった。私が独立した翌年、平成3年（1991）の話である。D商事の中に新しく情報ビジネス専任部隊の事業部（N事業部）が出来たのだった。

情報ビジネスといっても、商社だからシステム開発を直接やるのではなく、私がやっていたような企画営業の仕事である。情報化をしたい企業を探し出して、そこに情報システム等を売り込み、そこのシステム開発企業との間を仲介をする仕事だ。商社というのは買い手と売り手の仲介をしてその仲介手数料（口銭）を稼ぐのが仕事だ。

だがそこに集まった商社マン達は、情報ビジネスは初めての人たちばかりだったから、その人たちの勉強も兼ねて私が仕事を手伝うということだった。その人たちは年齢も若い人たちばかりで親しみやすくてやりやすかった。

D商事との契約は、最初は嘱託出向という形（D商事嘱託社員となって）で、個人で給与をもらうという契約形態だったが、そのうち私の会社への業務委託という形を取ってもらった。それはやはり経費を使いやすいからであった。

D商事は日本でも有数の総合商社で、様々な商品を取り扱っている。よくたとえられたのが、ラーメンからミサイルまでというのがあった。だからいろいろな業界の話を聞くことが出来て大変面白かった。

たとえば、石油業界ではセブンシスターズと呼ばれる欧米企業群（国際石油資本）が牛耳っているとか、食料業界ではカーギル等の5大穀物メジャー（企業群）が牛耳っているなどである。

細かい話では、缶コーヒーに使用するコーヒー豆は安物ではなく、喫茶店に納入するクラスの高級な豆だという話も聞いた。あるフライドチキンチェーンで使用する鶏肉はすべて国産であるとかもだ。豆も鶏肉もその商社が扱っているのだ。

マッキントッシュ導入

B研究所やC総研にいた頃は、コンサルティング業務の成果物として紙の報告書をたくさん作っていた。パソコンのワープロ、表計算ソフトで作った文書をプリンターで印刷するのだが、字体もサイズも一律で変えられない。せいぜい倍角文字があったくらいで、おかげで単調な文書になってしまった。それにドットインパクトプリンターだから、ドットが荒くてブツブツした文字になった。

これをきれいな印刷物にするには、わざわざお金をかけて印刷屋に発注して写植という方法で活字体に変えてもらって編集し、印刷製本までやってもらって立派な報告書にしたものだ。そこまでお金をかけられない場合は、パソコンプリンターで印刷したものをA４サイズとかに縮小コピーして納品した。

一番ひどいのは表計算の表で、報告書のA４サイズやB４サイズに収まらないどころか、ドットインパクトプリンターの長々とした連続用紙でしか印刷できない。30年間の収支計算表などは畳一畳の長さに収まらず、折りたたんで報告書に入れるしかなかった。

それを何部も作るには何時間もかけて、ダダダダダという音に耐えながらプリントするしかなかった。

その頃、あのスティーブ・ジョブズのアップル社がマッキントッシュ（Macintosh）というパソコンを発売した。それで世界が一変した。

それまでのパソコン画面というのは黒地に緑の文字が並ぶだけの単調なものだったが、文字の字体もサイズもその位置も自由に表示でき、さらに図形も写真も表示されるようになった。それだけではない。その自由になった画面表示をそのまきれいに印刷できるようになったのだ。レーザープリンター等の登場だった。昭和60年（1985）のことである。

それで机の上だけで文書の編集や作図も含めて印刷屋の仕事が全部出来るようになったのだ。ＤＴＰ（Desk Top Publishing）というコンセプトの登場である。

それが日本にも上陸してきて、平成元年（1989）頃には話題となっていた。だがパソコンからそのソフトそしてレーザープリンターまで一式そろえると何百万円にもなるので、到底個人が手を出せるものではなかった。会社でもなかなか導入できない時代だった。

しかし私のようなコンサルタントにとって、一晩できれいな報告書やプレゼンテーション資料が作れるのは画期的で大変な魅力だった。

それに独立したばかりだったから、社員もアシスタントもおらず文書作成を人に任せることも出来ない。しかしマッキントッシュなら速いし全部一人で出来るのだった。

それを確認するために、私はマッキントッシュの有料セミナーに大枚をはたいて参加したくらいだ。体験してみるとそれはまさに使い物になるものだった。

私は平成2年（1990）にマッキントッシュ一式を自分の会社に導入した。会社で初めての大きな買い物だったが、大変役に立つものだったので、会社の経費を使えるありがたさをしみじみ感じた。サラリーマンのままであれば到底こんなことはできない。

導入した最初のマッキントッシュ一式はこのようなものだった。まずメインのパソコンはMacintosh II ciで約100万円、ワープロソフトはMac Wright、文書編集ソフトはAldus Page Maker、作図ソフトはMac Draw、表計算ソフトはMicrosoft Excelなど、そしてこれも100万円するレーザープリンターで、合わせると300万円近い買い物だった。

その後もマッキントッシュはカラー化などを図り進化し続けたので、それに沿ってどんどん新しいモデルを導入し続けた。最初の導入から合わせると合計2000万円以上の買い物をしたことになる。こんな贅沢も独立開業したからできたのだ。

その元は充分取れた。やはり最先端のコンサルタントとして、美麗なプレゼンテーション資料をそれこそ一晩で作って持ってくるのは大変感心されたからだ。

インターネットと自社ホームページ作成

その頃普及し始めたインターネットもすぐ導入した。私は既にパソコン通信をやっていて電子メールを利用していたからだ。

パソコン通信は昭和62年（１９８７）頃ニフティサーブに加入していた。電話機にモデムを繋いでピーヒョロヒョロと音をさせてＰＣ98（NECのパソコンPC-9800シリーズ）で通信していたものだ。

それが平成２年（１９９０）マッキントッシュ導入を機に、インターネットをすることにした。電子メールをするためだけではなく、平成３年（１９９１）に公開されたWWW（World Wide Web）すなわちホームページを見るためだった。

そのために、電話回線をこれまでの音声回線すなわちアナログ回線から、速度の速いデジタル回線に切り替えたのだ。その頃のＮＴＴのデジタル回線とは、ＩＮＳネット64というサービスで、東京と大阪でサービスが開始されたばかりだった。

それを私の自宅兼事務所の東京都小平市に引いた。ＮＴＴは小平市では初めて引くということだった。それでわざわざ本社から社員が家に調査に来たくらいだ。

ＮＴＴが見に来た私の自宅兼事務所は、所狭しと複数のパソコンとプリンターが並び、当時はやり始めたSOHO（Small Office Home Office）というコンセプトの見本のようだった。このようなSOHOからデジタル回線が普及していったのだ。

ホームページについては始まったばかりだったから、当時日本でやっている人は大変少なかった。だから見るだけでは飽き足らず、自分のホームページを作ることにした。我社ケンコンセプトデザインの宣伝を兼ねた自分のホームページである。SOHOの会社が自社のホームページを公開するというのは当時最先端だった。こんなことをするのも当時は独立コンサルタントだったからで、新進気鋭のコンサルタントらしかったのだ。

ホームページを作るのは当然自分でプログラムを書くということだった。だからそれを自習して覚えて作って公開した。平成７年（１９９５）のことだ。

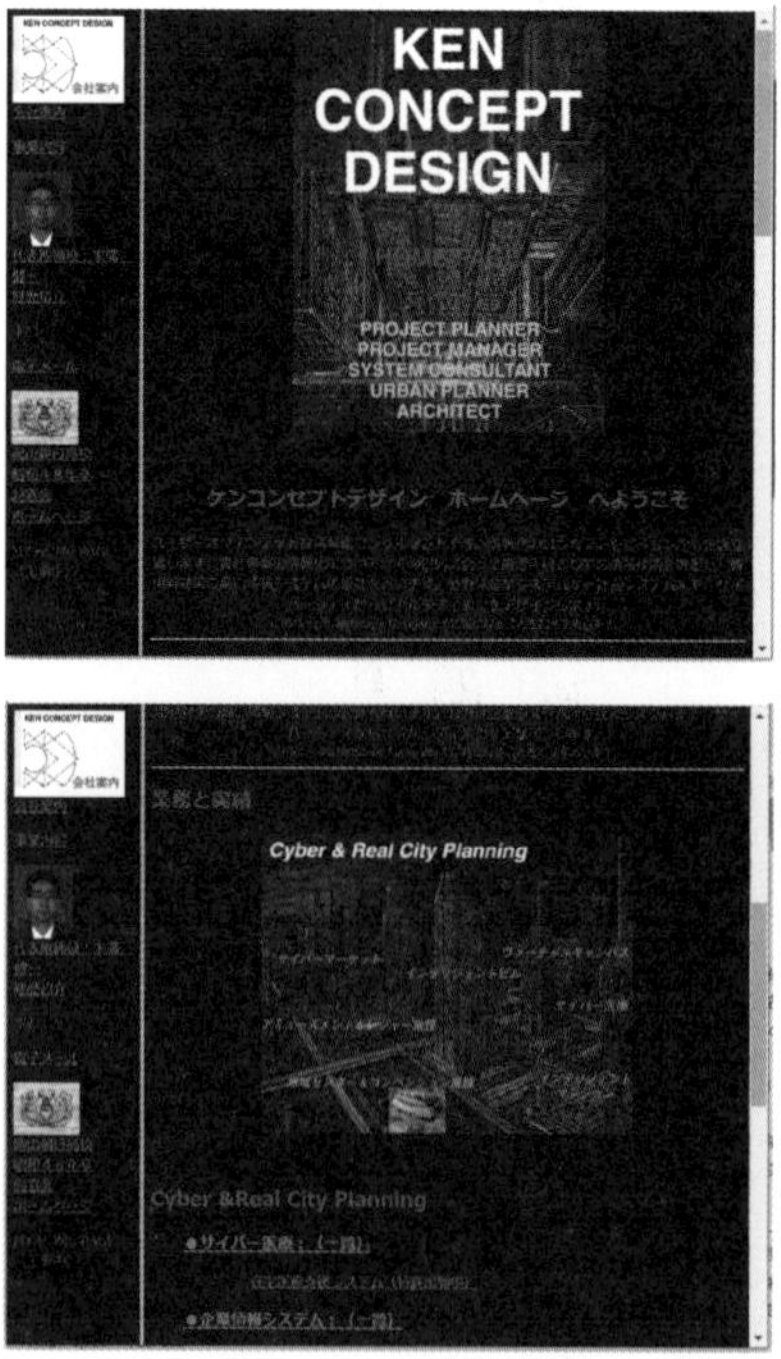

自作したKCDホームページ表紙(1995)

D商事にマッキントッシュ導入

私がマッキントッシュを駆使しているのを見て、D商事のN事業部の人もマッキントッシュを使いたくなり、とうとうN事業部でも導入することになった。当時文書作成のＤＴＰをするにもインターネットをするのも、他のＰＣと比べてマッキントッシュがダントツに便利だったからだ。平成３年（１

991）頃のことだ。

その利便性と先進性は、NECのPC98や平成7年（1995）にやっと登場したWindows95にも追いつかれるものではなかった。

N事業部の十数人が使えるように私がアドバイスして、数台のマッキントッシュと数台のレーザープリンターを、有線LAN（Local Area Network）で結んで導入したのだ。（当時はパソコンをLANで組むこと自体がまだなく、新しかった。）

しかもその社内ネットワークに、私の自宅のマッキントッシュから電話回線を通じてリモート接続をして画面共有までして見せて、D商事の人たちに感心されたものだ。（WAN: Wide Area Networkといった。）当時の他のパソコンでは到底出来るものではなかった。

私は週に何日もD商事に通っていたが、そのおかげで行く回数を削減できたのだ。

私は週に何回もD商事に通っていた。D商事があるのは東京丸の内のオフィス街だったので、JR東京駅から歩いて通った。

それで丸の内を闊歩していたのだが、作った書類の束を鞄に入れていて重いので、背中にも背負える書類鞄がないかと探していた。

1990年代、当時のリュックはアウトドア用のリュックしかなかった。それではスーツ姿には合わない。リュック型の書類鞄はまだ売っていなくて、私はなんとか背負える鞄を探していた。

そして、秋葉原で、ジッパーを開けるとリュックのひもが出てくるミリタリーグレーのブリーフケース（軍用を思わせる四角い書類鞄）を見つけて買い込んだ。このデザインならスーツにも違和感がない。大変珍しい商品だった。さすがミリタリー商品も売っている秋葉原ならではである。

そのリュック型ブリーフケースを背中にしょって丸の内を歩き始めたのだ。私は身長186センチだから当時その姿は目立った。このように、今では普通に見られるスーツにリュック姿は、実は私が始めたと言っても良いと思う。

また流行の話だが、当時、スターバックスコーヒーが日本に初上陸した。銀座に続いて早くも丸の内にもその店舗ができた。

私は早速そこでテイクアウトのコーヒーを買ってD商事に持ち込んだ。ホットコーヒーのテイクアウトというのは日本で初めてだった。スターバックスの緑のシンボルマークの入った白くて長いタンブラーに入れてもらってD商事に持って行った。

それからビジネス街でスーツ姿にコーヒーのタンブラーを持って歩く姿がよく見られるようになったのだ。これも私は流行の最先端を走っていた。と思う（笑）。

公共ホールの情報化企画

私がD商事に通っていた平成4年（1992）に、また別の会社から仕事の声がかかった。大手のシンクタンクO総合研究所からだった。O総研には後輩が転職していたから、その後輩から声がかかったのだ。

その仕事というのは、首都圏のある大規模公共ホールの情報化だった。そのホールはまだ建設中で、その完成後の管理運営のための情報システムを考えるという仕事だった。

今回の仕事もまだ出来ていない施設の情報システムを考えるという仕事だった。それで同様な仕事だった芦屋ラポルテやMテーマパークの実績がある私を指名してきたのだった。

この公共ホールは大変大規模で、大小8つのホール、31の会議室、巨大なガラスのアトリウムなどから構成されている複合施設である。その複雑さから管理運営は大変面倒になると予想された。全く新しい施設だから運営組織もまだ出来ておらず、どういう運営にするかも白紙だった。

今回も白紙から情報システムを考えるという仕事だった。まず予想されたのは、予約システムの必要性だ。貸しホールや貸し会議室だから利用者が予約してくるのだ。そういう風にどんな業務が必要となるかを予想した。それには、利用者を想定して予約してくるところから施設の利用までをシミュレーションして業務を想定した。

業務フロー図を描いて情報システム概要図を描き、費用の見積りまでを行った。

この仕事は自治体すなわち行政の仕事であるから、詳細な報告書を納品しなければならなかった。運営組織自体がまだないので運営担当者もいない。将来配属される運営担当者に綿密な報告書を書いて残さなければならないのだ。

この報告書には業務フロー図を始めシステム概要図など図が大変多い。それを鉛筆で手書きにするわけにはゆかない。きれいに印刷しなければならないから、普通は印刷版下という図を印刷屋が描くのだが、それには手間も時間も費用も膨大にかかる。

そこで私は導入したばかりのマッキントッシュの作図ソフトでそれらを易々と描いた。鉛筆の下書きなど要らない、いきなりパソコン上で作図したのだ。それが出来るのもマッキントッシュのＤＴＰ機能ならではのものだった。レーザープリンターで印刷したものがそのまま印刷版下になるのだ。いまでは当たり前のことだが、当時は画期的なことだった。私は導入したばかりのマッキントッシュをフルに活用した。高価なシステムだったが、おかげで十二分に元が取れた。

書類の美的な見た目だけではなく、これだけ業務を詳細に想定した報告書は見たことがないと、自治体から感心された。

それだけではなく、その報告書の効果は次のフェーズで如実に現れた。

それは情報システムを構築する業者選定の時だった。我々の仕事は計画までであり、別途実際にシステムを構築する請負業者を選ばなければならない。

一般に役所の仕事は計画と実施工事は別の業者がやらなければならないことになっている。建築でいえば、設計会社と建設会社が別々に発注されるというようなことだ。

システム構築の請負会社の選定が行われるとき、その選定の為に、候補となる各社から見積書を取る。その見積書を比較して安いところを選ぶのだ。見積りの根拠としてこの報告書が使われた。

そうすると、各社の見積金額が大きく割れたのだ。高いところは数十億円で、安いところは数億円という10倍の開きが出たのだ。これだけ詳細な報告書を使用してもこんなに開きが出たのは驚いた。これが建築工事ならこんなに開くことはない。ＩＴ業者の見積りはいい加減だというところもある。

それはいろいろ理由があるのだが、とにかくこれだけ具体的な計画が示されて見積りの依頼が出るということはなかった。だから今回業者は見積り作業が楽になったのだ。

まあそれで安いところが落札した。おかげでその自治体は何億円も節約できたのだ。我々のコンサルタント料は数千万円だから安い買い物だった。コンサルタントはこういう風に使わなければならない。

バブル崩壊とリゾート開発頓挫

平成2年（1990）年にMテーマパークは開業した。そしてその年は湾岸戦争があった。翌平成3年（1991）にバブルは崩壊した。ソ連が崩壊した。不景気が始まった。だが平成4年（1992）に公共ホールの仕事をしたので、私はまだ不景気の影響を受けていなかった。

一方、リゾート開発の仕事の方は不景気の影響を受けて頓挫した。だからリゾート開発の会社に転職していなくて良かった。独立自営をやって複数の会社から仕事をもらっていて正解だった。

商社のＯＬが消えていった

私はその後もＤ商事の仕事を続いて得ることが出来た。だが不景気の波は大手のＤ商事にも押し寄せて来た。リストラが始まったのだ。

それはまず女子社員削減からだった。商社のＯＬ（Office Lady）といえば高給取りで有名だった。縁故採用で、結婚までの腰掛けで、電話番とお茶くみとコピーくらいしか仕事がないとか言われて、お茶くみＯＬと揶揄されていた。実際には難しい仕事もしていた。

だがそのＯＬ達がどんどん減らされてゆき、その代わりに給料の安い派遣社員が入ってきたのだ。派遣社員はもうお茶くみなどはしない。仕事の効率が求められ、より専門性の高い仕事をしたのだ。

Ｎ事業部にも大勢いたＯＬが次々にいなくなり、２人くらいの派遣社員に取って代わられ、コピーや文書作成は男性社員自らやるようになった。一人一台のパソコンがあたりまえになったのだ。

私がマッキントッシュをＮ事業部に入れたときは、文書作成はまだ女子社員の仕事だったが、その後Windowsパソコンが一人一台配布されて社内ネットワークが完備されると、女子社員の仕事というものはなくなった。

Windows95が発売された平成７年（１９９５）頃からのことだ。

リストラとはRestructuringの略で、元々は人員削減という意味ではなく、事業の再編や再構築という意味だった。だから新しい市場に合わせた組織の再編や増強を意味した。それが日本では単に不採算部門の削減だけが注目され、結局、人員削減だけを意味するようになってしまった。

D商事でも事業の再編が行われた。幸い情報産業は将来性があるのでN事業部はなくならなかったが。

事業再編の戦略立案のために、外部コンサルタントがD商事にも出入りするようになった。彼らは外資企業の大手コンサルティングファームだった。例えば当時世間では、アーサーアンダーセンやマッキンゼー等が有名だった。彼らが駆使する横文字がD商事に氾濫するようになった。アウトソーシング、SCM、ERP等である。

私も出入りのコンサルタントの一人だったから、これらの横文字に対応しなければならず大変だった。それは私の専門分野とは異なる企業経営コンサルタントの分野だったからだ。

私はその後幸いにもD商事の仕事を続けることができ、独立してから都合14年間もお世話になった。平成2年（1990）から平成15年（2003）までのことだ。

不眠症になる

独立して7年ぐらい経った平成8年（1996）頃、私は夜が眠れなくなった。当時はD商事とO総研の仕事を同時にこなすなど仕事に忙殺されていた頃だ。ちょうど長女が誕生した翌年だ。

夜、布団に入っても緊張が取れず眠りが浅かった。朝起きても全然疲れが取れていない。土日2日ちゃんと休んでも疲れが残る。昼間もしんどくなって仕事に支障が出るようになった。

医者に行って検査してもどこも悪くない。それで困って人に相談したら、総合病院の内科の受診を勧められた。

それで近所の総合病院の公立昭和病院（東京都小平市）の内科に見てもらったら、同じ病院の神経科にまわされ、そこでうつ病による不眠だと診断された。

それでわかった、仕事のやり過ぎだ。しかし仕事を休んだり、削減したりするわけにはゆかない。たった一人で独立開業しているからだ。フリーのコンサルタントなのだ。任せる人や頼る人は誰もいない。

ひたすら薬を飲みながら仕事を続けるしかなかった。

薬を飲んだら眠ることが出来た。でも薬を飲まなければ眠れない。しかし仕事や生活パターンを変えるわけにはゆかない。生活がかかっているのだ。だが結局、半年は仕事を休んだ。

それで、不眠症がいつ治るのかも分からないまま薬を飲み続け、そのまま仕事を続けた。それは結局、現在に至るも治っていない。

自宅購入

平成7年（1995）に長女が生まれた。それで、アパート暮らしをやめて家を買うことにした。それまで自宅と仕事場の二つのアパートを借りていたから、それだけの家賃を考えたら一軒の家が買えるとわかったからだ。

仕事も順調で収入もあった。それよりも、不眠症で疲れていたから、庭のあるリラックスできる一戸建てに住みたかったのだ。

当時住んでいたアパートでは事件も起きてリラックスできる雰囲気ではなかった。そのアパートは西武新宿線の花小金井駅の南口に近くて便利なところ（東京都小平市花小金井南町）ではあったが、落ち着いたところではなかった。

それで近所で探したところ、駅からは15分以上歩くが緑豊かな地で分譲住宅が見つかったのでそこに決めた。それが現在の家で、東京都小平市鈴木町にある。

おかげで庭いじりができるようになった。その庭は狭いながらもイングリッシュガーデン風にする為に専門業者に造園工事をお願いした。

煉瓦の舗道とテラスを設けてテーブルと椅子を置いた。庭の周囲は白い木の柵（ピケットフェンス）をめぐらせた。駐車スペースには白い花が目印となるヤマボウシの木を植えた。ブルーベリーの木も植えて夏は実がなるようになった。ちなみに小平市は日本で最初にブルーベリー栽培を始めたところらしい。

草花は季節ごとに自分で植えた。中でも、日陰でも赤や白の花がたくさん咲くインパチェンスが夏の庭を彩って美しかった。私の疲れがどれだけ癒やされたか。

在宅医療支援システムの企画

平成10年（1998）に、D商事の仕事の中では珍しく、大企業の仕事ではなく個人経営の診療所の仕事があった。

それは情報化の仕事であった。小規模な診療所の仕事を情報化したのだ。

診療所の仕事の情報化というのは、医療の情報化であるからその中心は電子カルテであった。今現在（令和4年、2022）では、電子カルテというものは相当普及していて、大抵の人が病院で見たことがあるだろう。コンピュータに患者の診療情報を記録するあれだ。

当時それはまだ出始めたばかりで、大病院には全く入っておらず、わずかに小規模診療所へ入り始めた頃であった。

それで我々が担当したその診療所では、電子カルテの導入は決まっていたのだが、まずはそれを自宅や車の中でも使えるように出来ないかという相談だった。

まだインターネットが一般に普及する前の頃で、そもそもネット上の個人情報を守る手段が確立していない時代である。（その3年前の平成7年、1995年にWindows95が発売され、それから一般にインターネットが普及し始めた。）

なぜそんな要望が出てきたのかというと、ちょっと説明が必要だ。話が長くなるがご了承を。

その診療所では、24時間対応の在宅訪問医療というのをやっており、数人の医師で患者の自宅を往診して回っている。そこでは患者の診療情報を数人の医師で共有する必要があった。その点が１つある。

これはやはり紙のカルテでは無理で、複数の医師が共有できる電子カルテが必要になる。

次に、24時間対応だから、休日夜間でも連絡を受けたら対応や往診を行わなければならない。連絡を受けた医師は、自宅でも車の中でも患者の診療情報を閲覧する必要がある点が２つ目である。これには医師の自宅でも車の中でも電子カルテを見る方法が必要になる。

さらに３つ目は、患者からの休日夜間の電話を、数人の医師の誰にどうやって伝達するかである。これは大病院ではない小規模診療所なので休日夜間の電話当番はいない。当直の医師もいない。その中でどう解決するか。

携帯電話はあったが、まだアナログだしネットには繋がらない時代である。ＮＴＴドコモがｉモードを発売するのは翌年の平成11年、１９９９年である。

スマホのある今ならこれらの課題を情報システムで解決するのは比較的簡単だが、当時これら３つの課題を全部情報システムで解決しようとしたら大変だ。どんな大規模なシステムになるか分からない。作れたとしても、小さな診療所で払える金額では到底作れない。

それを解決したのが私のアイディアだった。

それではどうしたか。１つ目の課題を飛ばして、２つ目の課題、電子カルテを自宅でも車の中でも使えるようにするのはどうしたのか。当時リモートで使える既製品の電子カルテはなかった。

そこで、パソコンのリモートアクセスソフトを使った。前述した、私の自宅のマッキントッシュからアナログ電話回線を通じてD商事のマッキントッシュにリモート接続をして画面共有までして見せて、D商事の人たちに感心されたあれだ。

離れたパソコンの画面を見ながらマウスとキーボードを操ることが出来る。そうすれば離れたパソコンの中に入っている電子カルテも閲覧と記入が出来る。

ということは、電子カルテはどの既製品を使っても良いことになる。それで1つ目の課題も解決した。つまり、電子カルテは好きなものを選んで良いということだ。

さあ3つ目の課題だ。

「ちょっと待って、電子カルテをリモートで使ってセキュリティはどうなの、個人情報は守れるのか?」という疑問がわくだろう。それはこういうことだ。

パソコンのリモートアクセスソフトというのは、自宅と診療所の2つのパソコンの間だけを、電話回線経由で1対1でつなぎ、同期させて画面情報とマウスとキーボード情報だけをやりとりする。患者情報はやりとりしない。相手の画面を、自分の画面に映してマウスを操作するだけだ。

それらをつないでいるのはアナログの公衆電話回線である。モデムを使って「ピーヒョロヒョロ」というアナログ音声をやりとりしているだけだ。電話回線上に患者情報は流れていない。盗聴されてもまず解読不能というわけだ。アナログ電話の時代であることがかえってよかったのだ。

それでは3つ目の課題だ。休日夜間に患者からかかってきた電話をどうやって数人の医師につなぐかという点である。患者が直接医師の携帯電話にかけることは避けなければならない。どの医師が当番か分からないし、医師は寝ているかもしれないから、医師はすぐ電話に出られない。患者の診療情報も手元にないから患者にはすぐ指示できない。

それはこう解決した。

留守番電話システムを作り、患者の用件を一旦留守録してから、システムは当番医師のポケベルに連絡する。それでポケベルの連絡を受けた医師は、診療所の留守番電話録音を聞いた後、電子カルテにリモートアクセスし、患者の診療情報を確認する。そして患者に電話を直接かけて必要な指示をし、さらに必要なら往診をする。

これらのシステムを連携させるようにして一つのシステムにした点が1つ。そして比較的安い金額で構築して、小規模診療所でも導入可能な予算に納めたというのが大きなポイントである。それは、既製品を組み合わせることによって、一からシステムを製作することに比べれば相当に安い金額で出来たからである。

これによれば、診療所で24時間対応のために人員を増やすことは必要ない、診療所にとっては充分採算が取れる投資であった。

さて、このアイディアをこのままで置いておくのはもったいない、このシステムを他の診療所にも売れないかと考えた。D商事は当然そう考える。企業だからだ。

しかしこのままでは他社に真似をされれば簡単にシステムは作れてしまう。アイディアが盗まれてしまえば真似をするのは簡単だ。

これではいけない、アイディアを守る方法が必要だ。それには特許を取るしかない。私はそう考えた。それで特許を申請することにした。

でも特許など申請したことがないからそのやり方が分からない、弁理士に頼むのもその費用がかかる。それで私は友人に弁理士がいたことを思い出した。その友人とはP氏である。

P氏は友人S氏の大学の同級生で、S氏の結婚式で知り合った。私がS氏の結婚式で司会をやったときに、共同で司会をしたのがP氏であった。それからP氏と付き合うようになった。彼は特許庁に就職し弁理士の資格を取っていた。そしてその後大学の教員になっていた。

彼に相談したら親切にも特許申請書の書き方を教えるから自分で申請してみなさいと言ってくれた。友人だから無料で助かった。それで、自分で申請書を書いたのだが結構大変だった。

まあそれでなんとか申請できた。平成10年（1998）12月のことである。だが数年後、特許拒絶の通知が来た。残念ながら特許が取れなかったのだ。友人P氏は、審査に何年もかかったということはいい線を行っていたのだと慰めてくれた。

さて、読者の中ではこんなもので特許が取れるのか？と思う人がいるかもしれない。

確かにそうで、既存技術の組み合わせであるから、大した技術には見えないだろう。だが、そこはコロンブスの卵的な発想で、この技術の組み合わせは別の用途に使えるということをまあ発見したわけだ。

ちょっと専門的な言葉になるが、「ビジネスモデル特許」というものがある。その頃出てきた概念で、ある発明をすることにより、それまで出来なかったビジネスが出来るようになる発明のことだ。ＩＴを使ったものが多い。

例を挙げると、一番有名なものが通販のアマゾンの「ワンクリック特許」と呼ばれているものだ。２回目以降の注文がワンクリックで出来る仕組みのことだ。

私の発明はそれに近いものだと思っている。その発明により24時間在宅医療が少人数で可能になったからだ。

それではその後、このシステムは他に売れたのか？

残念ながら売れたという話は聞いていない。それは多分同じような経営形態の診療所が滅多にないからだろう。まあ、それよりも世の中の変化や進歩の方がはるかに早いのだろう。

コンビニの新規事業企画

またＤ商事では、コンビニの新規事業計画づくりもやった。

というのは平成12年（２０００）頃、Ｄ商事はコンビニ大手のＱ社を買収して筆頭株主になったからだ。買収に千数百億円もかけて、総合商社としては経験のない小売り事業に進出したのだった。

そのキーワードも「消費者への挑戦」だった。

というのはこういうことだ。総合商社というのは原材料を輸入して企業に販売するような、企業と企業を結びつける仕事が中心である。これをＢｔｏＢ（from Business to Business）ビジネスという。このような企業間取引が主であった。

だから消費者に直接ものを売るようなビジネス（ＢｔｏＣ：from Business to Consumer）の経験はない。コンビニのような最終消費者相手のビジネスは初めてだから、「挑戦」というキーワードになったのだ。

そのキーワードを元に、Ｄ商事社内の各部署が競って新規事業の提案を始めた。それは各部署の扱う商品や業界に関連するニュービジネスで、多岐にわたった。

それで、私が所属する部署はＩＴ系だったから、ＩＴ系のニュービジネスを企画した。私は利用者の個人情報を扱うビジネスを考えた。

この構想はあまりにも壮大だったので実現はしなかったが、その後平成19年（２００７）にＤ商事はある調剤薬局チェーンを買収した。その中でコンビニとの連携も模索したのかもしれない。どうなったのか興味はあるが、平成15年（２００３）年にＤ商事との契約は終了して離れてしまっていたのでわからない。

いずれにしてもＤ商事には大変お世話になった。とても感謝している。

Ⅶ　大学教員編

「大学教員へ転職」

大学教員へ転職

平成15年、2003年に、13年間にわたるD商事との契約は終了し、私は仕事がなくなった。だから次の仕事を探さなければならなかった。

ちなみにD商事との契約が終了した理由は、簡単に言うとD商事内の大幅な人事異動と組織改編によるものだった。そのため私のような外部取引先も一斉に見直されたからだ。私をひいきにしてくれた方々はいなくなってしまった。これにはどうしようもなかった。

私は独立して14年経っていた。もう49歳になるので、これまでのようなフリーランスの一人でやる仕事はもはや体力的にも気力的にもきつくなっていた。なので、やはり勤め人に戻る方が良いと思った。それで、なんとかつてを頼っていろいろ探したが、なかなか良い仕事は見つからなかった。

そんな中、友人S氏が大学の教員の口を紹介してくれた。彼は岡山市在住の神戸大学時代の友人で、岡山の短大の教員になっていた。ちょうどそこの短大の教員が1人転出をするので、彼はその欠員を埋める教員を探していたのだった。

岡山の仕事はありがたかった。それは岡山の実家の母が認知症になり、父が2人では心細くなっていたからだ。これで私は実家に帰ることが出来る。やはり持つべきものは友人である。私は一も二もなく引き受けた。

さあ、岡山へ転職するぞ。だが家族を連れて行くか？　それは迷った。

その時、長男は15歳、長女は8歳になるところだった。長男は高校進学が決まり、転校するには難しい年頃だった。そして妻も子どもたちも自宅と地域になじんでいて、住み慣れた東京の自宅を出て行くには忍びなかったからだ。

結局、私は家族全員の引っ越しの決断が出来ず、とりあえず単身赴任をすることにした。

近江商人三方よしの精神

私が赴任することになったのは、岡山市の短大で、山陽学園短期大学という私学だった。男女共学になる以前、地元では山短と呼ばれてよく知られた女子短大だった。

私はその短大の建築の教員になったのだ。

その短大には元々家政科があって、そこでは衣食住の勉強をしていた。住というのは住居のことだ。それで建築の教員が要るのだ。

私が赴任した平成16年（２００４）頃はもう家政科という名前ではなくなっていて、キャリアデザイン学科という就職を意識した学科になっていた。

それでビジネス系の授業科目も追加されていたので、私はビジネスの経験もあるからその科目も担当した。

ビジネスと言うと、大学で金儲けを教えるのかと思われる。まだアカデミックな世界ではそういう偏見もあった。だから、ビジネスはそんな短絡的なものではないということを教えたかった。

そこで、近江商人の「三方よし」の話をした。近江商人とは中世の昔から関西を中心に活躍した大商人達である。現在では伊藤忠商事を始めとして三井や住友財閥などそうそうたる企業群が近江商人の流れを汲んでいる。

その近江商人の家訓と言えるのが「三方よし」の理念である。三方というのは売り手と買い手と世間の3つのことである。その理念の意味はこうだ。

商売というのは売り手だけが儲けてもだめで、買い手も得をするようにし、さらには社会全体も得をするようにしなければならない。つまりは、ビジネスは今で言う社会貢献が出来なければならないということを、近江商人は大昔から理念として実践していたわけだ。

そういう話を、現在のビジネス現場の話を交えて授業で話した。

一方、最近のビジネス用語で、Ｗｉｎ＆Ｗｉｎの関係づくりという言葉がある。１９９０年頃からアメリカの経営学で言われるようになった用語で、「I win and You win」の略である。

その意味は、ビジネスでは売り手（Ｉ）が勝つだけではだめで、買い手（Ｙｏｕ）も勝つように配慮しなければならないということだ。この用語が、日本にも入ってきて最新のビジネス用語としてもてはやされるようになった。

そんな言葉がアメリカの最新のビジネス用語かと、私はがっくりきた。アメリカ人はその程度かと、

3つ目の「社会」が抜けているじゃないか。だから、なんでも欧米流にするというのはだめなんだ、と思う。日本では近江商人が何百年も前から「三方よし」を言っているのだ。こういう話も授業で話した。

そして平成21年（2009）に短大は四大化したので、私は大学教員になった。

建築プログラミング研究

大学教員のもう一つの仕事が研究である。研究論文も書かねばならない。それで私の研究テーマを何にするかで悩んだ。

今更新しいテーマを考えるのは大変だ。だから、これまでやってきたことをテーマにするしかない。でも私はいろいろなことをやってきたので一見バラバラで、それらに共通するテーマは一体何だろうかと悩んだ。

私のやってきたことはいろいろなビジネスの企画だった。でもビジネスをテーマにすると経営学とかになるので、私の出身分野でないから素養がない。私は建築学出身だったから建築学分野で考えるしかない。

そうすると、私は様々な施設の企画をやってきたので、建築の企画ということになる。建築企画といってもまだこれでも範囲が広い。それで、建築学会を見渡してみると最新テーマで「建築プログラミング」というのが目についた。

建築プログラミングとは何か、一般の人に分かりやすく言えば建築企画のことであるが、専門的にはもっと細かい意味がある。

言葉からコンピュータのプログラミングのことのように思われるが、それではない。これを一般の人に説明するのは極めて難しい。しかしそれでは話が進まないので、例え話をする。

ある人が自分の家を建てたいと思ったとする。既存の建売住宅を買うのではなくて、自分独自の注文住宅を建てる場合のことだ。

その場合は、建築設計士に依頼して設計してもらわなければならない。そのとき、建築士に「私の家を設計してくれ」とだけ頼んでも建築士はそれだけでは設計することが出来ない。当たり前だが、建築士は敷地や注文主のいろいろな条件や注文を聞かなければ設計出来ないのだ。

そのときにどんな注文をつけるのか。敷地の指定だけではなく、デザイン特には美観の好みまでを指定したいだろう。

でもそれで一旦家が出来たとしても、実際に住んでみるといろいろ不満が出てくるものだ。それでお金のある人は家を建て替えることさえある。

「三軒建てれば普請道楽」という言葉があるように、3軒ぐらい建ててみなければ、本当に自分の住みたい家に巡り会うことは難しい。しかし普通の人は1軒目で満足したいはずである。

そこで、1回の注文で自分の住みたい家に設計してもらうには、何を建築士に言っておくのが正しいのか。敷地や美観は当たり前として、もっと本質的なことである。

それはあなたの家族構成や毎日の生活の行動のことだ。ライフスタイルと言っても良い。一体あなたとあなたの家族はその家で毎日どんな生活行動をするのか。

いくら格好の良い家を建てたとしても、あなたの毎日の生活行動に合った家でないと生活ができない。例えば、大部屋で子育てをしたいのに、狭いリビングや個室が多いなどの問題だ。その場合はあらかじめ建築士に「大部屋で子育てがしたい」とか「広いリビングで生活がしたい」とかを、あらかじめ言っておかなければならない。

建築プログラミングとはそういうことだ。その家であなたは毎日どんな生活行動をするのか定義しておくことだ。さらには、将来その生活行動はどう変化してゆくのかまで計画しておかなければならない。これを設計要件定義という。

これの定義は建築士の仕事ではなく、家を注文するあなたの仕事なのだ。家を設計する前にこれらの定義をちゃんとしておかないと必ず不満が出る、暮らしが失敗する。これが建築プログラミングというものだ。

これは住宅だけの話ではない。あらゆる施設や建築にも同じことが言えるのだ。例えばオフィスビルでもそうだ。個室で仕事がしたいのか、大部屋で仕事がしたいのかはあらかじめ定義しておかなければならない。

またどこの部署とどこの部署は近くにいないといけないのかなどなど。そこでの毎日の業務行動や非常時対応までが定義されていないと、仕事のしにくいビルが出来上がる。下手をすると改装やリフォームが必要になる。最悪の場合には建て替えることさえある。

オフィスビルを注文する会社は、建築士にあらかじめこれを言っておかなければならないのだ。出来上がったビルでの毎日の業務効率が悪いと、下手をすると会社の経営自体が傾く恐れがある。

このように建築を注文する人（発注者）は、あらかじめ自分の行動を定義しておかなければならない。これは建築士の仕事ではない。設計をする前に決めておかなければならないことだからだ。（現実には建築士が関わっている場合が多いが、元々は本来の仕事ではなかった。だから普通は、お客さん、先に決めといて下さいと言われることがほとんどだ。）建築プログラミングというものは大まかに言うとこういうことだ。まだまだ世間では知られていないが。

また、もう1つ付け加えることがある。それはこういう点だ。

発注者が先に簡単に間取り図面を描いて、建築士に渡すということがよくある。その方がどんな設計を要求しているかがわかりやすいからだ。しかし実はこれが大きな間違いなのである。

そもそも素人が描いた間取り図面は、矛盾や法規的違反などがある。それだけではなく自分の生活行動がちゃんと反映されているかどうかが不明など、基本的な間違いに満ちている。

ここまで読んでくださった人は分かると思うが、素人が図面を描いてはいけない。そここそが本質的なことなのだ。図面を描くのは（設計は）あくまで建築士の仕事なのだ。発注者は図面を描いてはいけない。それより先に設計要件を定義する方をやらなければならない。（注：発注者側に建築士がいる場合は別である。大企業等には営繕部門があって、建築士が社員でいる場合がある。この場合は話が複雑になるので省略する。）

私がこれまでやってきた発電所や商業施設やテーマパークなどの様々な施設の企画も、私は発注者側のコンサルタントとして（発注者に成り代わって）、この建築プログラミングをやってきたのだ。私は設計をやってきたのではない。私は施設の設計の前の、施設の企画をして、そして発注者に成り代わって建築士に設計の注文（設計要件定義）を出していたのだ。

だから私の研究テーマは建築プログラミングにした。私の所属する日本建築学会には建築プログラミング小委員会というのがあって、現在も私はそのメンバーとして研究活動をしている。

病気療養

大学で忙しくしていた平成22年（２０１０）に父（功、85歳）が亡くなり、そして半年後の翌平成23年（２０１１）に母（幸子、82歳）が亡くなった。父母が相次いで逝くと、葬式や法事も立て続けとなり、一周忌から三回忌までの2年間は大変だった。

そしてそれに続いて、平成25年（２０１３）に岡山（表町）の自宅の隣家が火事になり、うちの壁にも延焼する被害にあった。

消防隊が消火する中、私は燃える隣家の前に立ち尽くし、うちの家も燃えるのではないかと焦った。幸い壁が少し焦げる程度で済んだが、悪いことが続いて精神的ショックは大きかった。

そしてとうとう、その年の暮れに、私は大学で倒れてしまった。平成25年（２０１３）12月10日の午後のことである。私は疲れが溜まっていた。

大学の中庭を歩いていたときに、突然の胸の激痛に襲われ、足から力が抜けてそのまま倒れてしまった。悪いことに中庭には誰もいなかった。

人を呼ぶこともできないので、これはまずいと思い、私は携帯電話で直接救急車を呼んだ。

それで運ばれた最初の病院で「大動脈解離」と診断され、すぐ専門の病院に運ばれて即手術となった。一刻を争う緊急手術で、命が危なかった。大動脈というのは心臓から出ている大きな動脈で、主に体の下半身に血液を送り出している太い血管だ。それが解離といって、血管内部が裂けてしまう病気だった。放置するとすぐ死亡するひどい状態だった。

私が気づいたときは集中治療室（ＩＣＵ）のベッドの上だった。体中からチューブがでている。どうやら助かったようだ。

後から聞くと私は手術後意識が戻らず、目が覚めたのは1週間後だった。このまま意識が戻らなければ命が危ないか、植物人間になるところだった。東京から家族や親戚が集まり、大変心配していた。彼らは私の顔を見てほっとしていた。

私は、胸を開いて大動脈の上部（弓部）を人工血管に置き換える大手術をしたのだ。岡山市の「心臓病センター榊原病院」の心臓血管外科の先生方のおかげで命拾いをした。

1週間も眠っていたので、翌日から即リハビリが始まった。大変だった。２ヶ月後にやっと退院できた。だが以前の生活にはなかなか戻れず、職場に復帰したのは1年4カ月後だった。仕事量も3分の1以下に減らしてもらった。

しかしその1年後、今度は心臓の不整脈「心房細動」を起こしてまた入院手術をしたが、まあそれもなんとか無事治って大学へ通えるようになった。

もう、前のように走ったり飛んだりの運動は出来なくなったし、車も運転できなくなった。毎日の生活も1人では不安なので、妻が岡山に来てくれた。東京小平の家には子どもたちが2人で生活している。家族には大変心配をかけて申し訳なかった。

そして令和2年（2020）3月、大学を65歳で定年退職をした。それでいよいよ東京に帰ろうかと考えたが、コロナ禍が始まった上に、また追加の手術が2度もあり、結局、まだ岡山に妻と残っている。

自分史出版

大学を定年退職する1年前の令和元年（2019）1月に、自分史を出版した。その本の名前は「岡山表町商店街物語～昭和の上之町で育った子どもたち」である。

これは私の子どもの頃の思い出を語ったものである。私の育ったこの岡山市の表町商店街、その中の上之町の話である。私の実家はこの上之町にあった「末廣履物店」である。

今はシャッターが下りている店が多い商店街だが、昭和の時代にはそれは賑わった商店街である。実家も父母が亡くなり、店をやる人がいないのでシャッターを下ろしたままである。

その上之町の昔の懐かしい話と、昭和から平成までの商店街の変遷をまとめた。それに私の自分史を加えてある。

こんな自分史が売れるとは思わなかったが、近所の丸善書店では平積みされてけっこう売れた。同じ時代を生きた人が懐かしいと買ってくれたのだろう。何人からも手紙が来たりした。

なぜこんな本を残したのかというと、私が死んだらもうこの思い出は消えてしまうからである。その思い出は本ならば図書館に永遠に残るからだ。

終わりに

この本は私の自分史の第二部として書いたが、前半の学生時代の話と、後半の仕事の話があまり繋がらず、散漫な感じになってしまい、くだけた話をするつもりが堅い話になってしまった。
さらに、一般の人が読めるように、記述はできるだけ専門的な内容を避けて書いてきたつもりだったが、結構話が難しくなってしまった。私の仕事を説明するには、どうしても建築や情報が中心になるのでやむを得ず、お許し願いたい。ここまで読んで下さった方には感謝申し上げる。

今から思うと大そうな話ではなかったが、私にこのような仕事が出来たのは、こうやって書いてみると、やはりバブルの時代だったからだと改めて思う。世の中が不景気になると、このような挑戦的な仕事はなかなか出来ないものである。
ただ、現在のスマートフォンを始めとする個人の情報化の進展と浸透は、当時の私の想像を超えている。テーマパークの林立もキャラクターの乱立もそうである。まあ、いずれにしても一応私は時代の流れを読んで仕事をしてきたのだが。

あえて付け加えるならば、私の行ってきた企画の仕事はこれからも重要な分野であることは間違いない。かつては、モノは作れば売れた時代であったが、今はそうはいかない。モノは差別化しないと売れない。価格がよほど安いか、または付加価値がないと売れない時代である。（モノという商品には技術やサービスも含まれる。）

付加価値とは、それを買う意味づけなどである。それをコンセプトという。私がやってきた企画の仕事はこのコンセプトを作る仕事である。だから私の会社の名前はコンセプトデザインだったのである。ありゃ、また自慢話になってきたのでここまでにする。

最後に、こんなわがままな仕事をさせてくれた家族へのお礼を申し上げる。勝手に仕事で暴走して、勝手に体を壊して倒れてしまった。家族の負担は大変大きかったと思う。ここまで支えてくれた家族には大変感謝している。どうもありがとう。

年表

●、○印は大事件

年齢	西暦	和暦	学年	私事・仕事	上之町・表町・岡山の出来事	世相・映画・TV
0	1954	昭和29	0	日赤病院で誕生	岡山専門店会館落成	「ゴジラ」、「麗しのサブリナ」（前年に「ローマの休日」）
1	1955	昭和30	1			
2	1956	昭和31	2			「十戒」、「禁断の惑星」
3	1957	昭和32	3		上之町会館完成。表町アーケード、電車通、県庁舎、完成	
4	1958	昭和33	4			ノーチラス号北極点通過プラモ発売
5	1959	昭和34	幼1		上之町商業協同組合設立	皇太子明仁親王ご成婚ＴＶ中継。「ベンハー」、「尼僧物語」
6	1960	昭和35	幼2		県建築課指導上之町・中之町再開発不燃化商店街ビル完成、上之町の道幅12ｍ化。上之町会館完成	「ティファニーで朝食を」
7	1961	昭和36	小学1		上之町商店街ビル開業。表町商店街連盟設立。駅前に岡山会館完成	「モスラ」

年齢	西暦	和暦	学年	私事・仕事	上之町・表町・岡山の出来事	世相・映画・TV
8	1962	昭和37	小学2		岡山駅前広場完成。岡山国体、木原美知子活躍	パンサー戦車発売。「キングコング対ゴジラ」、「アラビアのロレンス」、「史上最大の作戦」
9	1963	昭和38	小学3		千日前に銀ビルストア進出	レーシングカーブーム始。「マタンゴ」、「海底軍艦」。
10	1964	昭和39	小学4		住所変更天神町になる。柳川にダイエー進出	東京オリンピック、カラー中継。東海道新幹線開通。「モスラ対ゴジラ」、「三大怪獣地球最大の決戦」、海外旅行自由化
11	1965	昭和40	小学5			シンナー遊び、8ミリカメラ、スーパー8シングル8登場。「フランケンシュタイン対地底怪獣」、「怪獣大戦争」
12	1966	昭和41	小学6		木原美知子プール開き来訪。ダイエー駅前店開業	「サンダーバード」、「タイムトンネル」放送。「ミクロの決死圏」、「大魔神」
13	1967	昭和42	中学1			ツイッギー来日ミニスカートブーム、JALPACK発売
14	1968	昭和43	中学2		上之町カラー舗装完成。岡山百店会設立	三億円事件。「2001年宇宙の旅」、「猿の惑星」
15	1969	昭和44	中学3		天満屋増床。表町にイズミ岡山店・ユニード岡山店開業	アポロ11号月面着陸。「空軍大戦略」

いざなぎ景気

年齢	西暦	和暦	学年	私事・仕事	上之町・表町・岡山の出来事	世相・映画・TV
16	1970	昭和45	高校1		住所変更表町になる。中小企業庁商業近代化計画第1回地域指定が岡山市に	大阪万博。「トラトラトラ!」
17	1971	昭和46	高校2			「ゴジラ対ヘドラ」、「アンドロメダ」、「時計じかけのオレンジ」
18	1972	昭和47	高校3		山陽新幹線岡山駅開業	山陽新幹線新大阪―岡山間開通。横井庄一帰国、沖縄返還。浅間山荘事件。「惑星ソラリス」。札幌オリンピック
19	1973	昭和48	大学1	神戸大へ。沖縄旅行	岡山高島屋開店	●オイルショック。「日本沈没」、「ソイレントグリーン」、「燃えよドラゴン」。海外旅行客229万人
20	1974	昭和49	大学2		岡山一番街開業、表町に長崎屋岡山店開業	小野田寛郎帰国。「ノストラダムスの大予言」、「ゴジラ対メカゴジラ」、「宇宙戦艦ヤマト」
21	1975	昭和50	大学3			「ジョーズ」。Microsoft社設立
22	1976	昭和51	大学4	就職難		Mig25函館空港亡命事件。Apple社設立
23	1977	昭和52	院1			「スターウォーズ」、「未知との遭遇」、「ルーツ」

年齢	西暦	和暦	学年	私事・仕事	上之町・表町・岡山の出来事	世相・映画・TV
24	1978	昭和53	院2	欧州旅行	中小企業庁全国初指定商業近代化計画実施地域の表町アーケード舗装新装。ドレミの街（ダイエー）開業	
25	1979	昭和54	A1	東京へ	岡山市立オリエント美術館開館	イラン革命。2次オイルショック。「エイリアン」。地球の歩き方発売。ＮＴＴ自動車電話開始
26	1980	昭和55	A2	K国へ		一億円取得事件。静岡駅地下街ガス爆発。「地震列島」、「スターウォーズ帝国の逆襲」
27	1981	昭和56	A3	K国から帰る。欧州経由	ユニード岡山店閉店	「レイダース／失われたアーク《聖櫃》」。IBM PC発売
28	1982	昭和57	B1	転職。腹膜炎手術	表町再開発Ａ地区上之町県開発公社を再開発ビル化計画	ホテルジャパン火災大惨事。「E.T.」、「ブレードランナー」。Sony CD発売。NEC PC-9800発売
29	1983	昭和58	B2			東京ディズニーランド開業。音楽ＣＤ発売。「スターウォーズジェダイの復讐」
30	1984	昭和59	B3	サイパン旅行		「ターミネーター」、「インディ・ジョーンズ／魔宮の伝説」、「風の谷のナウシカ」。Apple Macintosh発売

年齢	西暦	和暦	学年	私事・仕事	上之町・表町・岡山の出来事	世相・映画・TV
31	1985	昭和60	C1	転職。米視察	岡山百店誌百号記念誌岡山表町繁盛記発行。長崎屋岡山店閉店	御巣高山日本航空機墜落事故。プラザ合意。「バックトゥーザフューチャー」。インテリジェントビルブーム。Microsoft Windows開発。NTTショルダーフォン発売
32	1986	昭和61	C2	芦屋駅前再開発ビル	中小企業庁指導表町コミュニティマート構想で上之町文化ゾーン、芸術文化ホール、オランダ通り企画	英金融ビッグバン。「天空の城ラピュタ」。芦屋ラポルテ開業。チェルノブイリ原発事故
33	1987	昭和62	C3	結婚。米視察。Mテーマパーク		国鉄分割民営化開始
34	1988	昭和63	C4	長男誕生	岡山県立美術館開館	瀬戸大橋開通。ソウル五輪。東京ドーム完成。「となりのトトロ」、「ダイ・ハード」
35	1989	平成1	C5	花小金井	岡山市制百周年事業。京橋朝市開始。イズミ岡山店閉店	坂本弁護士一家殺人事件。消費税スタート3%。「インディ・ジョーンズ／最後の聖戦」。ベルリンの壁崩壊
36	1990	平成2	独立1	独立。義母没。米視察	アムスメール上之町アーケード完成、末廣店改装、公募でアムスメール命名。城下駐車場完成	湾岸戦争。サンリオピューロランド開業。Microsoft Office発売
37	1991	平成3	独立2	D商事嘱託	シンフォニーホール開業	●バブル崩壊。「ターミネーター2」。ソ連崩壊

←―――― バブル景気 ――――→ (1986–1991)

年齢	西暦	和暦	学年	私事・仕事	上之町・表町・岡山の出来事	世相・映画・TV
38	1992	平成4	独立3	O総研嘱託多目的ホール		バルセロナ五輪有森裕子銀
39	1993	平成5	独立4			「ジュラシック・パーク」
40	1994	平成6	独立5		うらじゃまつり開始	松本サリン事件。関西空港開港。消費税５%
41	1995	平成7	独立6	長女誕生	おかやま魚島横丁開業	○阪神大震災、地下鉄サリン事件、村井刺殺、麻原逮捕。Microsoft Windows95発売
42	1996	平成8	独立7	不眠症		金融ビッグバン。「インデペンデンス・デイ」
43	1997	平成9	独立8	鈴木町自宅建設	岡山城築城４００年記念事業	山一・金融機関破綻。「タイタニック」、「もののけ姫」
44	1998	平成10	独立9	在宅医療支援システム	商店街活性化モデル事業オランダ通り整備。イトーヨーカ堂開業	三宅島噴火。和歌山毒カレー事件。「GODZILLA」、「アルマゲドン」
45	1999	平成11	独立10	義父没	オランダ東通オープン。NTTクレド岡山ビル開業	「マトリックス」。NTTドコモ携帯電話i-モード発売
46	2000	平成12	独立11	番町マンション購入	後楽園築庭３００年。紙屋町アーケード新装。よしもと三丁目劇場開業。ロッツビル開業	小渕首相死亡。有珠山と三宅島噴火。鳥取西部地震
47	2001	平成13	独立12		内山下小学校閉校	○9・11NYテロ。小泉竹中改革。「千と千尋の神隠し」。Apple iPod発売

年齢	西暦	和暦	学年	私事・仕事	上之町・表町・岡山の出来事	世相・映画・TV
48	2002	平成14	独立13			日朝首脳会談、拉致被害者帰国。
49	2003	平成15	独立14		岡山百店終刊、岡山表町飛翔記発行	イラク戦争
50	2004	平成16	山短1	転職、岡山単身赴任、助教授	岡山県立図書館開館	中越地震。スマトラ沖地震インド洋大津波。
51	2005	平成17	山短2	妻入院手術		JR福知山線脱線事故
52	2006	平成18	山短3	教授		
53	2007	平成19	山短4			郵政民営化。Apple iPhone発売
54	2008	平成20	山短5	生活心理学科開設		●リーマンショック
55	2009	平成21	山大1			民主党政権誕生
56	2010	平成22	山大2	父死去	上之町アーケード改修	
57	2011	平成23	山大3	母死去		○3・11東日本大震災、福島原発事故、松本地震
58	2012	平成24	山大4			
59	2013	平成25	山大5	上之町火事家修繕。大動脈解離手術		安倍首相誕生
60	2014	平成26	山大6	入院療養、心房細動カテーテル手術	イオンモール岡山開業	消費税8%。「GODZILLA ゴジラ」
61	2015	平成27	山大7	大学復帰		

←いざなみ景気→（2002〜2008）

年齢	西暦	和暦	学年	私事・仕事	上之町・表町・岡山の出来事	世相・映画・TV
62	2016	平成28	山大8			熊本地震。鳥取地震。イギリスEU離脱決定。「シン・ゴジラ」、「君の名は」
63	2017	平成29	山大9		イトーヨーカ堂岡山店閉店	トランプ大統領就任
64	2018	平成30	山大10	定年再雇用		西日本豪雨。北海道地震
65	2019	令和1	山大11	自叙伝出版	「岡山表町商店街物語 昭和の上之町で育った子どもたち」出版	消費税10％。「天気の子」
66	2020	令和2		定年退職。カテーテルでステント手術		●コロナパンデミック。7月豪雨。菅首相誕生。「鬼滅の刃 無限列車編」
67	2021	令和3			上之町がNHK朝ドラ「カムカムエヴリバディ」の舞台に	バイデン大統領就任。○東京オリンピック開催。岸田首相誕生
68	2022	令和4		カテーテルでステント手術	ロッツビル閉店	○ロシアがウクライナへ侵攻。福島県沖地震、新幹線脱線。○安倍元首相暗殺

著者略歴

末廣　健一（すえひろ　けんいち）

昭和29年（1954）岡山市生まれ。内山下小学校、丸之内中学校、岡山朝日高校卒業。

昭和53年（1978）神戸大学大学院修士課程修了。一級建築士。建築設計事務所、都市計画コンサルタント等を経て山陽学園大学教授。令和２年（2020）定年退職。

著書に『中国地域のよみがえる建築遺産』（共著・中国地方総合研究センター）、『岡山表町商店街物語―昭和の上之町で育った子どもたち―』（吉備人出版）など。

建築企画屋物語　―私の東京コンサルタント人生―

2023年1月16日　発行

著者　末廣健一

発行　吉備人出版

〒700-0823 岡山市北区丸の内2丁目11-22

電話 086-235-3456　ファクス 086-234-3210

ウェブサイト www.kibito.co.jp

メール books@kibito.co.jp

印刷　株式会社三門印刷所

製本　株式会社岡山みどり製本

© SUEHIRO Kenichi 2023, Printed in Japan

乱丁本、落丁本はお取り替えいたします。ご面倒ですが小社までご返送ください。

ISBN978-4-86069-695-5　C0095